U0075880

米蘭·昆德拉

相遇

MILAN
KUNDERA
UNE
RENCONTRE

尉遲秀——譯

……和我的思考以及回憶相遇；和我的舊主題（存在的與美學的）

還有我的舊愛（拉伯雷、楊納切克、費里尼、富恩特斯……）相遇

目錄

IV／完全傳承之夢

V／美麗宛如一次多重的相遇

VI／他方

I

畫家突兀暴烈的手勢：論法蘭西斯・培根[1]

1

有一天，米榭爾．阿欽波[2]打算編一本法蘭西斯．培根的畫冊（他的畫像和自畫像）。阿欽波提議要我為這本畫冊寫一篇短文，他向我保證，這是畫家自己的心願。他提起我當年發表在《弧》（L'Arc）這份期刊上的一篇舊作，他說培根曾經表示那是他能在其中認出自己的極少數文章之一。我不會否認我的感動——在若干年後，面對這麼一個來自我如此喜愛卻又不曾謀面的藝術家的訊息。

這篇刊在《弧》上的文章（後來成了我寫作《笑忘書》其中一部的靈感來源[3]）寫的是培根畫的亨莉耶妲．莫瑞耶斯（Henrietta Moraes）三聯畫肖像，寫作時間是我移居海外的最初期，約莫是一九七七年，當時我滿腦子還是對於離去未久的故鄉的回憶，在我的記憶中，那裡宛如一個審訊與監控的國度。如今，我還是得從這篇舊作展開我對培根的藝術的新省思：

MILAN KUNDERA

2

「時間是一九七二年。我和一個年輕的女孩在布拉格郊區會面，地點是借來的公寓。兩天前，這女孩被警察審問了一整天，問的全是關於我的事。現在她想要偷偷和我碰面（她一直擔心自己受到跟監），好告訴我他們問了她哪些問題，而她又是怎麼答的。萬一哪天我也被抓去審問，我的說法才會和她一致。

「這女孩非常年輕，對這個世界還懵懵懂懂的。審問這件事讓她心慌，讓她害怕，一連三天，她的腸胃不停翻攪。她的臉色慘白，在我們談話的這段時間，她不斷走出去上廁所，我們的會面也因此伴隨著廁所水箱蓄水的聲音。

＊本書註解皆為譯註。

1. 法蘭西斯・培根（Francis Bacon，一九〇九—一九九二）：英國畫家，出生於愛爾蘭的都柏林。本文提及的「亨莉耶妲・莫瑞耶斯」的三聯畫（一九六三年）為紐約現代美術館（MoMA）館藏；以「受難」（crucifixion）為主題的畫作多幅，可參考紐約古根漢美術館（Guggenheim Museum New York）收藏的「受難的三幅習作」（一九六二年）對照本文。（以上兩幅畫作皆可於兩家美術館的網站查詢。）
2. 米榭爾・阿欽波（Michel Archimbaud，一九四六—）：法國編輯、劇場導演、音樂學家、藝術史學者，著有《法蘭西斯・培根訪談錄》（Francis Bacon, Entretiens avec Michel Archimbaud. Folio，一九九六）。
3. 參見《笑忘書》第三部第七章。

「我認識這女孩很久了，她聰明，個性非常風趣，情緒掌控和穿著打扮總是近乎完美無瑕，她的洋裝一如她的舉止，從來不會讓人瞥見絲毫的裸露。這會兒，恐懼就像一把大刀，突然將她剖開。她在我面前打開了，像一頭小母牛被切割的身軀，吊掛在肉舖的鐵鉤上。

「廁所水箱的蓄水聲一直沒停過，而我，我突然很想強暴她。我知道我說的是：強暴她，而不是跟她做愛。我不想要她的溫柔。我想把手粗暴地放在她臉上，在那一瞬間，完全奪取她，連同她讓人興奮難耐的那些矛盾一併奪取——連同她完美無瑕的洋裝和鬧個不停的腸子，連同她的理性和她的恐懼，連同她的自負和她的不幸。我的感覺是，這一切矛盾當中蘊藏著她的本質——這寶藏，這金塊，這隱藏在深處的鑽石。霎時間，我想要擁有她，連同她的糞便，也連同她無法言喻的靈魂。

「可是我望著這雙盯著我看的眼睛，那眼裡盡是不安（理性的臉上，兩隻不安的眼），而她的眼睛越是不安，我的慾望就變得越荒誕、愚蠢、醜惡、無法理解，而且不可能實現。

「這沒道理也不該出現的慾望並不因此而有絲毫的不真實。我無法否認這一點——我看著法蘭西斯．培根的那些三聯畫肖像，就像自己回憶的重現。畫家的目光停留在那張臉上，宛如一隻突兀而粗暴的手，試圖占有這張臉的本質，占有這顆隱藏在深處的鑽石。我們當然不能確定，這些深處是否真的蘊藏著什麼——然而無論是何種形式，我們每個人都有這種突兀暴烈的手勢，以手的動作去破壞別人的臉，試圖在別人身上或背後找到隱藏在那裡的什麼。」

3

關於培根的畫作，最好的評論是培根自己在兩次訪談裡的陳述，一次是席維斯特[4]於一九七六年做的訪談，另一次則是阿欽波於一九九二年做的訪談。在這兩次訪談當中，培根談起畢卡索，語帶讚賞，特別是對於畢卡索一九二六至一九三二年的時期，那是培根覺得唯一和他真正相近的時期；他在其中看到一個「從來無

4. 席維斯特（David Sylvester，一九二四—二〇〇一）：英國藝評家、策展人，長期推介現代藝術，尤以推介法蘭西斯．培根的畫作聞名，一九九〇年因法蘭西斯．培根特展獲得威尼斯雙年展「金獅獎」。

人探索的領域被打開了，那是一種有機的形式，和人的形象相連相繫，卻是一種全然的歪斜變形」（字體變化是我標示的）。

畢卡索在這個短暫時期所創作的抽象畫，可以說都是畫家的一種輕浮的手勢，將人體的主題轉化成二維的、自由的形式，讓這些主題不像原來的樣子。在培根的畫作裡，畢卡索遊戲式的歡愉換成了驚訝（或者恐懼），他看到的是我們的存在，是我們物質性、肉體性的存在。畫家的手（我重拾我舊作裡的用語）被這樣的恐懼打動，以「突兀暴烈的手勢」放在一具身體上，放在一張臉上，「試圖在別人身上或背後找到隱藏在那裡的什麼」。

可是，那裡到底藏著什麼？「我」嗎？當然，人們畫的所有肖像都想揭露肖像主人的「我」。可是在培根的年代，無論在什麼地方，「我」都開始躲起來了。其實，我們最平凡的經驗說明了一件事（尤其當我們的生命已經拖得太長的時候），很可悲的，人們的臉都是一樣的（人口如雪崩般瘋狂成長，更讓人加深了這種感覺），一張張的臉讓人混淆，一張臉和另一張臉的差異只有某些非常細微的地方，幾乎無法察覺，在數學上，依尺寸來說，這樣的差異經常只是幾釐米的差別而已。再加上我們的歷史經驗，我們也知道，人的行為是相互模仿的，就統計來說，人的態度是可以計算的，人的意見是可以操弄的，所以，人與其說是一個個體（一個主體），不如說是一個總體裡的一個元素。

正是在這令人疑惑的時刻，畫家的強暴之手以「突兀暴烈的手勢」放在肖像主人的臉上，試圖在某個深處，找出肖像主人逃逸的「我」。在這種培根式的探索裡，身形讓位給「全然的歪斜變形」，卻從未失去它們原有的活器官特質，它們還是讓人想起身體性的存在，想起它們的血肉，而且始終保有它們三維的樣貌。而且，這些身形和它們的主人相似！明明是一幅有意識地歪斜變形的肖像，如何能跟它的主人相似？然而，這些肖像主人的照片證實了這件事；請看這些三聯畫肖像——同一人的肖像，三種變形的並置；這幾幅變形的肖像各个相同，但同時也存在某些共同點：「這寶藏，這金塊，這隱藏的鑽石」，一張臉裡面的「我」。

4

或許我可以換一種說法：培根的肖像畫是對於「我」的界限的質問。一個個體可以歪斜變形到什麼程度而依然是自己？一個被愛的生命體可以歪斜到什麼程度而依然是一個被愛的生命體？一張可親的臉在疾病裡，在瘋狂裡，在仇恨裡，在死亡裡漸行漸遠，這張臉依然可辨嗎？「我」不再是「我」的邊界在哪裡？

5

長久以來，在我想像的現代美術館裡，培根和貝克特[5]一直是一對。後來我讀了阿欽波的訪談：「貝克特和我之間的親近性總是令我覺得驚訝，」培根這麼說。再往下讀：「……我一直覺得在貝克特和喬伊斯[6]想要說的這個部分，莎士比亞的表達好得多，而且他用的方法更對，更有力量……」還有，「我心想，貝克特關於他的藝術的想法最後是不是扼殺了他的創作？他的作品裡同時有太過系統性和太過聰明的東西，或許是這些東西一直困擾著我。」最後是，「在繪畫方面，我們總是保留太多習性，我們刪除的永遠都嫌不夠，可是在貝克特的作品裡，我常覺得他一直想要刪除，結果是，什麼都沒有留下來，而這決定性的空無，迴盪著空洞的聲音……」

當一個藝術家談起另一個藝術家，他談的其實始終是自己（間接地或拐彎抹角地），他的判準也在此表現出來。談到貝克特的時候，培根告訴了我們關於他自己的什麼？

他不想被歸類。他不想讓他的作品落入刻板印象之中。

而且，他抵抗現代主義的教條，這些教條在傳統與現代藝術之間樹立起藩籬，彷彿現代藝術在藝術史上代表一個孤立的時期，擁有自己無可比擬的價值和獨立自主的美學標準。然而培根的藝術史是整體的藝術史，二十世紀並不能讓我們免除我們虧欠莎士比亞的債務。

還有，他不願以太過系統化的方式呈現他對藝術的想法，他害怕他的藝術會因此變成某種過度簡化的訊息。他知道二十世紀後半葉的藝術已經被喧囂晦澀、滔滔不絕的理論蒙上污垢，作品因此無法和觀眾（讀者、聽眾）進行沒有媒體傳播也沒有預先詮釋的直接接觸。

5. 貝克特（Samuel Becket，一九〇六—一九八九）：愛爾蘭詩人、小說家、劇作家，一九六九年諾貝爾文學獎得主，以英文和法文寫作，劇作《等待果陀》、《終局》等為二十世紀荒誕派戲劇的經典。

6. 喬伊斯（James Joyce，一八八二—一九四一）：愛爾蘭詩人、小說家，二十世紀現代主義文學最重要的作家之一，代表作包括《尤利西斯》、《都柏林人》等。

所以，只要有機會，培根就會把線索弄亂，讓那些想要將他的作品意義化約為刻板悲觀主義的專家們摸不著頭緒——他厭惡以「恐懼」這個字眼談論他的藝術；他強調「偶然」在他畫作中扮演的角色（畫畫時出現的偶然；一滴顏料意外地落在畫布上，一下子改變了這幅畫的主題）；所有人都讚歎他畫作嚴肅性的時候，他堅持「遊戲」這個字眼。想談論他的絕望？也可以，但是，他立刻告訴你，他的絕望是一種「歡樂的絕望」。

6

在關於貝克特的反思裡，培根說過：「在繪畫方面，我們總是保留太多習性，我們刪除的永遠都嫌不夠……」太多習性指的是，任何不是畫家新發現的東西，不是前無古人的貢獻，不是他原創的；任何屬於傳承的、例行的、填空補白的東西，還有為展現技巧而進行的創作。以奏鳴曲的形式來說（甚至最偉大的音樂家也是如此，莫札特的作品、貝多芬的作品），所有從一個主題到另一個主題的過渡樂句（經常是約定俗成的）就是這樣的例子。幾乎所有偉大的現代藝術家都試

MILAN KUNDERA

圖刪除這些「填空補白」的部分，刪除這一切來自習性的東西，刪除一切障礙，讓藝術家得以直接與本質進行專屬於他的接觸（本質：藝術家自己，而且只有他一個人可以說的東西）。

培根也是如此，他的畫作背景極度簡單，單色平塗；但是，前景的部分，他也以極度濃稠的顏色與形式處理身體。然而，他心心念念的，卻是這種華麗（莎士比亞式的）。因為少了這種華麗（以華麗對照單色平塗的背景），美就會變成禁慾，彷彿在進行節食，彷彿縮減了，而對培根來說，排在第一位的始終是美，是美的爆發，因為就算今天這個字看起來已經被用爛、過時了，但是連結著培根與莎士比亞的，正是這個字。

這就是為什麼人們執拗地套用在他畫作上的「恐懼」一詞會激怒他。托爾斯泰提到雷奧尼．安德列葉夫[7]和他的短篇黑色小說時曾說：「他想要嚇我，可是我並不害怕。」今日有太多畫作想要讓我們恐懼，而我們卻感到無聊。恐懼並不是一

7. 雷奧尼．安德列葉夫（Leonid Andreïev，一八七一－一九一九）：俄國記者、作家，作品以劇作和短篇小說為主。

種美感，而我們在托爾斯泰的小說裡感受到的恐怖，從來就不是在那兒等著嚇我們的；傷重而性命垂危的安德列．包爾康斯基[8]沒有麻醉就開刀，這驚心動魄的畫面並未將美剝除，正如莎士比亞從來不將美從任何一場戲中剝除，正如培根從來不將美從任何一幅畫作中剝除。

肉舖很恐怖，可是當培根談起肉舖的時候，他不忘指出，「對一個畫家來說，這裡有肉的顏色散發出來的偉大的美。」

7

究竟是什麼原因，儘管培根有這麼多的限制條件，我還是不斷在貝克特的左近看見他？

這兩人在他們各自的藝術歷史上的立足之處大致相同，也就是戲劇藝術的最末期，以及繪畫史的最末期。因為培根是依舊以油畫顏料和畫筆作為繪畫語言的最後幾個畫家之一。貝克特則是依然以劇本和演員為基礎在寫戲，在他之後，劇場依然存在，這是事實，或許劇場甚至還在演進，可是啟發、創新、促進這種演進

MILAN KUNDERA

的，不再是劇作家的文字了。

在現代藝術史上，培根和貝克特並非開路的人，他們是封路的人。阿欽波問培根，哪些現代畫家對他來說是重要的？培根的回答是：「在畢卡索之後，我就不太知道了。現在在皇家藝術學院有一場畫展……看到這些畫作放在一起的時候，我們什麼也沒看到。我覺得裡面什麼也沒有，那是空的，完全空的。」那安迪・沃荷[9]呢？「……對我來說，他不重要。」那抽象藝術呢？噢，不，他不喜歡抽象藝術。

「在畢卡索之後，我就不太知道了。」他說得像個孤兒似的。而他確實是。在他的生命裡，他在非常具體的意義下確實是個孤兒——開路的人的身邊總是圍繞著一大幫的同行、評論家、崇拜者、同情者、同路人，而他則是孤單一人，一如貝克特。在席維斯特的訪談裡，他說：「我想，可以和一些藝術家一起工作應該是比較令人興奮的事……我想，有人可以談話，那應該是非常愉快的事。現在，根

8. 安德列・包爾康斯基：托爾斯泰《戰爭與和平》中的人物。
9. 安迪・沃荷（Andy Warhol，一九二八—一九八七）：美國藝術家，普普藝術創始者。

本沒有人可以談話。」

因為培根和貝克特的現代主義是把門關上的那種，不再回應圍繞著他們的現代性——藝術市場行銷所大肆鼓吹的時尚的現代性。（席維斯特說：「如果抽象畫只是一些形狀的組合安排，您如何解釋有些人，就像我，有時候會對那些象形的作品有發自肺腑的反應呢？」培根說：「時尚。」）在偉大的現代主義正在關上門的時代主張現代，和在畢卡索的時代主張現代，是完全不一樣的事。培根是孤立的（「根本沒有人可以談話」），他孤立在過去的一旁，他孤立在未來的一旁。

8

貝克特，他和培根一樣，對於世界的未來與藝術的未來並不抱存幻想。而在這幻想終結的時刻，他們的作品裡可以找到極為有趣而且意義深遠的相同反應——戰爭、革命及其挫敗、屠殺、民主的騙局，這些主題在他們的作品裡一律缺席。尤涅斯科[10]在劇作《犀牛》裡對於偉大的政治問題還是感興趣的，貝克特的作品裡則完全看不見這樣的東西。畢卡索還會畫〈朝鮮大屠殺〉，這樣的主題在培根的

畫作裡是無法想像的。當我們經歷一個文明的終結（一如貝克特和培根所經歷或者他們認為自己經歷的），最後暴烈地面對的並不是某個社會、某個國家、某種政治，而是人的生理物質性。這就是為什麼耶穌受難（Crucifixion）這個在過去集所有倫理、宗教，甚至西方歷史於一身的偉大主題，到了培根的作品，卻轉化為一個爭議不斷的生理性畫面。「我始終對於有關屠宰場和肉的畫面很有感覺，對我來說，這些畫面和耶穌受難的一切有緊密的關聯。有些動物的攝影作品非常傑出，那是在牠們被帶出來宰殺的那一刻拍的。那死亡的氣味……」

釘在十字架上的耶穌拿來對照屠宰場和動物的恐懼，這看來是褻瀆神聖了。可是培根並非信徒，褻瀆神聖的概念根本不是他的思考方式；照他的說法，「人類現在明白了，人就是個意外，是一個毫無意義的生命體，只能毫無理由地將這個遊戲玩到最後。」耶穌，從這個角度來看，就是毫無理由地將遊戲玩到最後的這個意外。十字架：遊戲的終結，這場遊戲我們毫無理由地玩到了最後。

10. 尤涅斯科（Eugène Ionesco，一九〇九—一九九四）：原籍羅馬尼亞的法國劇作家，荒謬劇的代表性作家，一九七〇年獲選為法蘭西學院院士，著有《禿頭女高音》、《犀牛》等劇作。

不，這不是褻瀆神聖，而是清明、悲傷、深思的目光，試圖鑽透，接近本質。當所有社會性的夢想都已消逝無蹤，而人也看見「宗教的可能性……對人完全無效了」，那麼他會表現出什麼本質性的東西？身體。唯一戴荊冠的耶穌[11]，顯而易見，悲愴而且具體。「當然，我們就是肉，我們都有可能變成一副副的骨架子。每次去肉舖，我都感到很驚訝，為什麼吊在那裡的是動物而不是我？」

這不是悲觀，也不是絕望，這是顯而易見的簡單事實，只不過這事實通常會被集體屬性這片紗給蒙蔽，因為集體的夢想、興奮、計畫、幻象、鬥爭、利益、宗教、意識形態、激情，讓我們什麼也看不到。然後，有一天，這片紗掉了，我們被孤伶伶地留給身體，任憑身體宰割，那個年輕的布拉格女孩就是這樣，在審訊的驚嚇之後，每三分鐘就得跑出去上廁所。她淪落為她的恐懼，淪落為不停翻攪的腸胃和她聽見在水箱裡流動的水聲，就像我也會聽到這水聲，只要我看著培根一九七六年的〈洗臉盆旁的人〉或一九七三年的〈三聯畫〉。對這個年輕的布拉格女孩來說，她得面對的不再是警察，而是她自己的肚子，而如果這個恐懼的小場景有個無形的主宰，那麼這個主宰不是警察，不是黨的高層，不是劊子手，而是一個上帝，或是一個神秘教派的惡神，一個創世神，一個造物主，祂讓我們永

遠陷在這個身體的「意外」之中，祂在祂的作坊裡整修了這具身體，而有那麼一段時間，我們被迫成為這具身體的靈魂。

培根經常窺伺這個造物主的作坊，我們可以在他的畫作裡觀察到這一點，譬如，名為〈人體習作〉的這幾幅，他揭露了人的身體只是單純的「意外」，而這意外可以用完全不同的方式製作出來，譬如，做成三隻手或是眼睛長在膝蓋上。這是僅有幾幅讓我充滿恐懼的畫作。可是「恐懼」是正確的字眼嗎？不是。要形容這幾幅畫所激起的感覺，沒有正確的字眼。這些畫作所激起的不是我們所認識的恐懼——因為歷史的荒誕，因為酷刑，因為迫害，因為戰爭，因為屠殺，因為苦難而生的恐懼。不是。在培根的畫作裡，那是另一種完全不同的恐懼，它源自人體的意外性質，被畫家猝然揭露。

11. 戴荊冠的耶穌：原文為拉丁文「ecce homo」，意為「你們看這個人」，典出《聖經．約翰福音》十九章，羅馬總督彼拉多讓兵丁給耶穌戴上荊冠之後，釘上十字架之前，指稱耶穌的用語。

9

一直往下走到了這裡，我們還剩下什麼？

臉；

臉蘊藏著「這寶藏，這金塊，這隱藏的鑽石」，那正是無比脆弱的「我」，在身體裡打著顫；

臉，我盯著它看，想找到一個理由，讓我去經歷這「毫無意義的意外」，這生命。

（一九九五）

MILAN KUNDERA

II

小說：存在的探測器

滑稽理由的滑稽缺席

杜斯妥也夫斯基：《白痴》

字典給「笑」下的定義是「因為有趣或滑稽的事物所引起」的反應。這種說法對嗎？我們可以從杜斯妥也夫斯基的小說《白痴》裡摘出一整部關於笑的文選，怪的是，這裡頭笑得最多的角色，並不是最有幽默感的人，相反地，就是這些人，一點幽默感也沒有。一群年輕人從鄉間別墅走出來散步，當中有三個女孩「滿臉奉承樣，一邊笑，一邊聽著葉夫金尼．帕夫洛維奇講些逗趣的事，最後葉夫金尼．帕夫洛維奇開始懷疑她們說不定根本已經沒在聽他說什麼了」。這樣的懷疑「讓他忍不住笑了出來」。這是很棒的觀察：先是年輕女孩子一起笑，她們一邊笑，一邊就會忘了她們笑的理由，然後會毫無理由繼續笑；接著是葉夫金尼．帕夫洛維奇的笑（這很罕見，很珍貴），他明白了女孩們的笑沒有任何滑稽的理由，而面對這滑稽理由的滑稽缺席，他笑了出來。

在同一個公園散步時，阿格拉婭指著一張綠色長椅給梅什金公爵看，她告訴他，每天早上七點鐘，所有人都還在睡覺的時候，她都會過來坐在長椅上。晚上，眾人幫梅什金公爵慶祝生日，這個充滿戲劇性又令人難以忍受的聚會直到深夜才散場。梅什金公爵的情緒過度激動無法入睡，他走出屋子，到公園晃蕩去了。他在那兒看到阿格拉婭指給他看的那張綠色長椅，他坐在長椅上，「突如其來地大笑起來」。很顯然地，這笑並不是「什麼好笑或滑稽的事情所引發的」，隨後的句子也肯定了這一點：「他心裡依然不安。」他就坐在那裡睡著了。後來，一陣「清澈飽滿的」笑聲讓他醒了過來。「阿格拉婭就在他面前笑了出來……她在笑，同時也很生氣。」所以這笑也不是「什麼好笑或滑稽的事情所引發的」，阿格拉婭氣的是梅什金公爵沒情調，因為他在等她的時候睡著了；她笑是為了把他弄醒；為了讓他知道自己的可笑；為了用一陣嚴厲的笑聲訓斥他。

我還想到另一個沒有滑稽理由的笑。我還在布拉格電影學院讀書的時候，身邊不乏一些愛開玩笑也愛笑的大學生。阿洛伊．D是其中之一，他是個熱愛詩歌的年輕人，性情好，有一點太過自戀，而且出奇拘謹。他張大嘴巴，發出很大的聲音，做出誇張的手勢——我想說的是，他在笑。但是他和其他人笑的方式不同，他的笑像個複製品，混在諸多原版的笑當中。我之所以沒忘記這段微不足道的往事，是因為我在當時體會到一種全新的經驗，我看到某個毫無幽默感的人在笑，他笑只是為了不要和別人不一樣，就像個間諜夢想著外國軍隊的制服，好讓自己不被人認出來。

或許是因為阿洛伊・D，《馬爾多羅之歌》[12]的這個段落才會在當時給我留下深刻的印象：有一天，馬爾多羅很驚訝，他發現大家都會笑。他不明白這齜牙咧嘴的怪表情是什麼意思，而他又想和別人一樣，於是他拿起一把小折刀，把自己的兩個嘴角劃開。

我在電視機的螢光幕前。我看的節目很吵，有幾個主持人、演員、明星、作家、歌手、模特兒、國會議員、部長、部長夫人，不管他們拿什麼當藉口，總之每個人都張大了嘴，發出很大的聲音，做出很誇張的手勢。換句話說，他們在笑。我則是想像葉夫金尼・帕夫洛維奇突然來到這群人當中，他發現這笑沒有任何滑稽的理由。一開始他看得目瞪口呆，後來他的驚嚇漸漸平息，最後，這滑稽理由的滑稽缺席「讓他突然笑了出來」。那些在笑的人——幾分鐘之前他們還狐疑地看著他——此刻安心了，他們喧譁地歡迎他來到他們沒有幽默只有笑的世界，而這正是我們注定要生活的世界。

死亡與排場

路易—費迪儂・謝琳：《從一座城堡到另一座城堡》[13]

《從一座城堡到另一座城堡》這部小說，說的是一隻母狗的故事；牠來自丹麥，在這冰天雪地的國度，牠習慣在森林裡長時間遊蕩。牠和謝琳一起來到法國，遊蕩的生活也結束了。後來，就是癌症了：

「……我想讓牠趴在乾草上……直到黎明之後……牠不想待在我讓牠趴的

12.《馬爾多羅之歌》（Chants de Maldoror）：散文史詩，法國詩人茝卡斯（Isidore Lucien Ducasse，一八四六—一八七〇）化名為洛特雷阿蒙伯爵（comte de Lautréamont）於一八六九年出版的作品。

13. 路易—費迪儂・謝琳（Louis-Ferdinand Céline，一八九四—一九六一）：法國作家，作品在虛無的思想中帶有壯烈而滑稽的調性和史詩風格，是二十世紀法國最偉大的文學家之一，曾因反猶太而引起爭議。《從一座城堡到另一座城堡》（D'un château, l'autre）出版於一九五七年，書名緣自謝琳的生活中心從他的象徵性城堡（在巴黎郊區的寓所），隨維琪政權（二戰期間由貝當元帥領導，與納粹合作的法國政權）流亡至德國的錫格馬林根（Sigmaringen），其間並無過渡。這個「流亡政權」從一九四四年九月抵達流亡地，一九四五年四月告終，謝琳的小說對於這段避居德國的生活有極細緻的描述。

地方……牠不想……牠想要待在另一個地方……屋裡最冷的牆角，在那些石子上……牠趴得很漂亮……牠開始發出嘶啞的喘息……這是盡頭了……有人告訴過我，我不相信……可這是真的，牠朝著回憶的方向，朝著牠的來處，朝著丹麥，狗嘴朝著北方，轉向北方……這隻母狗有某種忠誠，牠忠於牠曾遊蕩的樹林，克瑟鎮，北方……牠也忠於殘酷的人生……巴黎近郊的森林對牠毫無意義……牠嘶啞地輕喘兩、三聲之後……就過世了……噢，非常低調……沒有絲毫埋怨……可以這麼說……姿態非常美麗，彷彿全力向前衝，彷彿在遊蕩……然而卻是在牆角，倒地，死去……鼻子朝向牠遊蕩的森林，朝向牠的來處，朝向牠曾經受苦之地……確實如此！

噢，我看過許多臨終的畫面……這裡……那裡……各處……可是都是遠觀，我不曾見過如此美麗、低調……忠誠的畫面……妨礙人類臨終的，是排場……畢竟人始終都在舞臺上……最簡單的舞臺……」

「妨礙人類臨終的，是排場。」真了不起的句子！還有，「畢竟人始終都在舞臺上」……有誰想不起來死亡的喜劇，在臨終的病榻上說的那些著名的「臨終之言」？就是這樣：就算是嘶啞地喘息，人始終都在舞臺上。而且就算是「最簡單

的」、最沒有暴露狂傾向的，也是如此，因為人雖然不一定會把自己放上舞臺，但如果他沒把自己放上舞臺，別人也會幫他放上去。這就是做為人的命運。

而「排場」！死亡總是被當成某種英雄式的事情，像一齣戲的最後一幕，像一場戰鬥論斷勝負的時刻。我在一份報紙上讀到，某個城市放了數千個紅氣球向愛滋病的患者和死者致敬！我在「致敬」這個詞停了下來。追憶，紀念，致上悲憫之意，是的，我明白。可是致敬？在一個疾病裡，有什麼要慶祝、要崇拜的東西嗎？疾病是一種功績嗎？事情就是這樣，而謝琳早已明白：「妨礙人類臨終的，是排場。」

許多與謝琳同代的大作家也都有過死亡、戰爭、恐怖、酷刑、流放的經驗。但是這些可怕的經驗，他們是在邊界的另一邊經歷的，在正義的那一邊，在未來戰勝者的那一邊，或是頂著光環的受害者（他們遭受某種不正義的殘害）的那一邊，簡而言之，就是在光榮的那一邊。「排場」，這種想要讓人看見的自我滿足，是那麼自然而然地出現在他們所有的行為舉止當中，因此他們無法察覺，也無法評斷。可是謝琳有二十年的時間和那些被定罪、被蔑視的人們同在，他在歷史的垃圾桶裡，他是罪人裡的罪人。他周遭的一切被削減至靜默，他是唯一發聲訴說這種極其特殊經驗的人——在這經驗裡，人們完全沒收了生命的排場。

這經驗讓他得以不將虛榮視為一種缺陷，而是一種與人共存的特質，虛榮永遠不會離棄人而去，即便在臨終之際；而在這無法根絕的人類排場的背景前面，這經驗讓他看見一隻母狗死去的莊嚴美麗。

加速前進的歷史裡的愛情

菲利普・羅斯：《慾望教授》[14]

從什麼時候開始，卡列寧不再和安娜做愛？弗隆斯基呢？[15]他能讓安娜達到高潮嗎？安娜呢？她不是冷感嗎？他們在黑暗中做愛，還是點著燈？在床上，還是在地毯上？三分鐘還是三個小時？他們說著浪漫的情話、淫蕩的字句，還是沉默無語？這些事我們一無所知。愛，在那個年代的小說裡占據廣袤的領土，這片領土從第一次相遇一直延伸到性交的關口；這關口是一道無法跨越的邊界。

二十世紀，小說逐漸往它的每一個維度去發掘性慾。在美國，小說宣告並且伴

14. 菲利普・羅斯（Philip Roth，一九三三—二〇一八）：美國小說家，作品受亨利・詹姆斯、福樓拜，以及美國前輩猶太作家索爾・貝婁等人影響。《慾望教授》（The Professor of Desire）描寫主角大衛・凱佩許的青年期、求學生活、學院生涯，以及他對性的渴望。

15. 卡列寧、安娜、弗隆斯基都是托爾斯泰的小說《安娜・卡列尼娜》裡的人物，卡列寧是安娜的丈夫，弗隆斯基是安娜的情人。

隨著速度令人暈眩的道德大動盪：五〇年代，人們還悶在無情的清教徒信仰裡，之後不過十年的時間，一切都變了——初次調情與性愛之間的遼闊空間消失了。人和性之間不再有感性的無人地帶作為保護。人直接與性對陣，此事已成定局。

在D．H．勞倫斯（David H. Lawrence）的作品裡，性的自由有一種戲劇性或悲劇性的反叛氣息。再晚一些，在亨利．米勒（Henry Miller）的作品裡，性的自由圍繞著一種如抒情詩般熱情奔放的欣快感。三十年後，在菲利普．羅斯的作品裡，性的自由不過是一種既定的、眾人一致確認的、集體的、平庸無奇的、無可避免的、設定好的情境：既無戲劇性，也無悲劇性，也沒有抒情詩的奔放與激情。

我們觸到了極限，已經沒有任何「更遠之處」了。和慾望對立的不再是法律、親人、習俗。一切都被允許，唯一的敵人是我們自己的身體，剝得赤裸裸的，剝除了幻想，剝除了假面。菲利普．羅斯是一位偉大的美國情色史學家，他也是書寫這種奇異的孤獨——人被拋棄、面對自己身體而生的孤獨——的詩人。

然而，最近這幾十年，歷史走得那麼快，《慾望教授》裡的角色不得不將另一個時代保留在他們的記憶裡，那是父母親的時代，他們的父母經歷的愛情方式比較像是托爾斯泰的方式，而不是羅斯的。從主角凱佩許的父親或母親出場的那一刻起，小說裡就彌漫著懷舊的氛圍，這不僅是對於父母的鄉愁，更是對於愛情的鄉愁，原原本本的愛情，父親和母親之間的愛情，這動人的老派愛情似乎在今日的世界已不復重現。（沒有過去曾經有過的記憶，愛情還剩下什麼？剩下愛情的概念嗎？）這奇特的鄉愁（奇特是因為這鄉愁並非連結到具體的人物，而是固定在更遠處，在這些人物的生命之上，在後面）賦予這部看似無恥敗德的小說一種動人的溫柔。

歷史的加速前進深深改變了個體的存在。過去的幾個世紀，個體的存在從出生到死亡都在同一個歷史時期裡進行，如今卻要橫跨兩個時期，有時還更多。儘管過去歷史前進的速度遠遠慢過人的生命，但如今歷史前進的速度卻快得多，歷史奔跑，逃離人類，導致生命的連續性與一致性四分五裂。於是小說家感受到這種需求——在我們生活方式的左近，保留那屬於我們先人的、近乎被遺忘的、親密的生活方式的回憶。

羅斯筆下的主人翁的理智主義的意義就在這裡，這些主角都是文學教授或作家，他們無時無刻不在思索關於契訶夫、亨利．詹姆斯或卡夫卡的種種。這並不是自戀文學的一種微不足道的智性展示。這是渴望，要將過去的時代留存在小說的地平線上，不讓那些人物被遺棄在再也聽不見先人聲音的空無之中。

生命的年齡秘密

古博格・博格森：《天鵝之翼》[16]

有個小女孩經常在雷克雅維克的大賣場偷三明治。她的父母為了懲罰她，把她送去鄉下的農家生活好幾個月，而她並不認識這個農家的人。在冰島十三世紀的古老傳奇故事裡，人們就是這樣把重刑犯送來這個國家的內地，由於這片冰冷貧瘠的荒漠遼闊無垠，這在當時與死刑無異。冰島：居民三十萬，面積十萬平方公里。為了熬過孤獨（我引用小說裡的一個畫面），農夫拿起望遠鏡，遙遙觀察其他農夫的作息，而這些被觀察的農夫也有望遠鏡。冰島：互相窺望的孤獨之地。

《天鵝之翼》這部關於童年的流浪冒險小說，每一行都聞得到冰島鄉間的氣息。不過，我懇請各位不要將它當成「冰島小說」，不要把它當作充滿異國情調的奇怪作品來讀！

古博格・博格森是一位偉大的歐洲小說家。他的藝術靈感最重要的泉源並非社會學或歷史學，更不是地理學的好奇心，而是一種對於存在的探索，一種真正

的存在的頑強況味，這讓他的小說立於我們或可稱作（依我之見）小說現代性的中心。

這個探索的對象是非常年輕的女主人翁（「小女孩」，作者如此稱呼她），或者更精確些，是她的年齡——九歲。我越來越常這麼想（這種事如此顯而易見，而我們卻沒發現），人只存在於他的具體年齡裡，一切都隨著年齡改變。瞭解另個人，意思就是瞭解他正在跨越的年齡。年齡的謎：唯有小說可以闡明的主題之一。九歲：童年與青少年之間的邊界。這條邊界，我從未見過有哪一部小說比這部小說闡明得更清晰。

九歲，這是什麼意思？就是走在幻想的迷霧裡。不過不是抒情詩般的幻想，這本書裡沒有任何童年的理想化！胡思亂想，對「小女孩」來說，這是她的方法，用來面對未知又無從認知的世界，而且這世界一點也不友善。到農場的第一天，她碰上的是一個奇怪而且看似帶著敵意的世界，她想像，為了保護自己，她「從

16. 古博格・博格森（Gudbergur Bergsson，一九三二—）：冰島小說家。《天鵝》（Svanurinn）是他少數被譯為英、法文的作品，法文書名譯作《天鵝之翼》（L'aile du cygne）。

自己的腦袋噴出一種看不見的毒液，把整棟房子灑過一遍。她在每個房間、每個人、每頭牲畜身上，還有空氣裡，都下了毒……」。

真實的世界，她只能靠荒誕的詮釋來掌握。小說裡還有農場主人的女兒，從她神經兮兮的舉止看來，我們可以猜出背後有一段愛情故事。可是小女孩，她猜得到什麼？還有村子裡的節慶舞會，情侶們散落在高高低低的田野裡，小女孩看到男人用身體覆蓋在女人身上。她沒有一絲懷疑，她想，他們是要保護這些女人免受暴雨侵襲——天空已經布滿了烏雲。

大人滿腦子都是現實的憂慮，這些憂慮壓倒了一切形而上的問題。可是小女孩離現實世界很遠，所以在她和生死問題之間沒有任何屏障。她的年齡就是形而上的年紀。她俯身在一片泥炭沼上，看著自己的形影映在藍色的水面。「她想像自己的身體溶解消失在藍色裡。我該跳出這一步嗎？她問自己。她抬起腳，看著破舊的鞋底映在水中的倒影。」死亡令她感到驚奇。有人要宰一頭小牛，附近每一個小孩都想看這頭牛死去。屠宰前的幾分鐘，小女孩附在小牛的耳邊輕聲說：「你知道嗎，你已經活不久了？」其他孩子覺得她說的話很好笑，於是所有人，一個接著一個，都去附在小牛的耳邊輕聲說了這句話。後來小牛的喉嚨被割斷，幾個小時後，所有人都被喚去餐桌。孩子們開心地咀嚼他們親睹死亡過程的屍體。之後，他們跑去母牛那裡，也就是小牛的媽媽那裡，小女孩心想：牠知道我們肚子裡正在消化牠的小孩嗎？於是她開始張大嘴巴對著母牛的鼻子吐氣。

童年與青少年之間的空隙：不再需要父母時時刻刻的照顧，小女孩突然發現自己的獨立，可是她始終與現實世界隔離，她同時也感覺到自己的無用，她在那些和自己並不親近的人當中感到孤立，這更加深了她無用的感覺。可是，就算無用，她還是吸引了其他人的注意。這就是個令人難忘的小場景：農場主人的女兒為情所困的時候，每晚都出去（在冰島明亮的夜晚）坐在河邊。小女孩窺伺著她，也跟著出門，遠遠坐在她後方的地上。兩人都意識到對方的存在，可是彼此不發一語。後來，在某一刻，農場主人的女兒舉起手，靜靜作勢要她靠過來。而每一次，小女孩都拒不從命，轉身跑回農場。這場景很平凡，但卻神奇。我不斷看見這隻舉起的手，這是因為年齡而互相疏遠的生命互相發出的訊號，沒有人明白對方的想法，她們沒有任何事情可以傳遞，只有這個訊息：我離你很遠，我沒有什麼可以跟你說的，可是我就是在這裡，而且我知道你在那裡。這隻舉起的手，是這本書的手勢，這本書觀照的是一個我們無法重返也無法恢復的遙遠年齡，這年齡對我們每個人來說都已成為一個秘密，只有詩人小說家的直覺能讓我們靠近。

MILAN KUNDERA

田園詩——恐怖之子

馬瑞克・邊齊克[17]：《特沃基》

故事發生在二次世界大戰末期的波蘭。這個最廣為人知的歷史片段在這裡是以一個不為人知的角度來觀看的——從華沙的一家大型精神病醫院「特沃基」開始。這麼寫是不顧一切只為了顯得特別嗎？錯了，在這黑色的年代，沒有什麼事情會比找一個角落逃過去更自然了。一邊是恐怖，另一邊，是避難地。

醫院是德國人經營的（不是妖魔鬼怪的納粹，請不要在這本小說裡尋找刻板印象）；這些德國人雇用了幾個非常年輕的波蘭人當會計，其中有三、四個是拿假身分證的猶太人。接下來最讓人印象深刻的是，這些年輕人和我們這個時代的年輕人並不相似，他們害羞、靦腆、笨拙，滿腔的道德與仁慈的天真渴望，他們在

17. 馬瑞克・邊齊克（Marek Bienczyk，一九五六—）：波蘭作家、翻譯家。

某種充滿執拗的善意的奇異氛圍裡經歷著他們「純潔的愛」，其間因愛而生的嫉妒與失望從來不曾轉化為恨意。

是因為他們和我們相隔半個世紀，所以那時候的年輕人和我們現在的年輕人不一樣嗎？這種不同，我認為另有原因：他們所經歷的田園詩正是恐怖之子；那種恐怖是隱藏的，但卻始終存在，始終潛伏、窺伺著。路西法[18]悖論即是：如果一個社會（譬如我們的社會）流洩著損人不利己的暴力與惡意，那是因為這個社會並沒有真正經歷過惡，沒有真正經歷過惡的統治。因為歷史越是殘酷，避難的世界就越是美麗；一個事件越是平凡無奇，就越像那些逃亡者緊緊攀附的救生圈。

小說裡有幾頁都是這樣，有些話像迭句一般重現，敘事變成歌，帶著讀者起起伏伏。這音樂、這詩歌從何而來？在生命的散文裡；在平庸到不能再平庸的事情裡——朱瑞克愛上索妮雅——他那些愛情夜在小說裡只有極其簡短的三言兩語，可是索妮雅盪鞦韆的動作卻被緩緩地描述，鉅細靡遺。「為什麼你這麼喜歡盪鞦韆？」朱瑞克問道。「因為……這很難解釋。我在鞦韆上，所有東西都在下面，一會兒之前，所有東西都在上面。反過來說也一樣。」朱瑞克傾聽這段天真的告白，他讚歎地望著上方，看著「那些樹頂的附近，淡褐色的鞋底漸漸變暗」，接

著往下看，鞋子「下降到比他鼻子更低的地方」，他看著，始終讚歎，他永遠不會忘記這一幕。

小說快要結束的時候，索妮雅會離去。從前她滿懷恐懼，逃來特沃基，在這裡經歷她脆弱的田園詩。她是猶太人，沒有人知道（甚至連讀者也不知道）。可是她去見醫院的德國院長，她去自首，院長大聲吼著：「您發瘋了，您發瘋了！」他打算把她送去隔離，才能救她一命。可是她很堅持。當我們再見到她的時候，她已經死了。「在細長的白楊木，一根較粗的分枝上，索妮雅上吊了，索妮雅在那兒盪來盪去，索妮雅吊死了。」

一邊是日常性的田園詩，重新尋獲、重獲價值、化身為歌的田園詩；另一邊，是吊死的年輕女孩。

18. 路西法（Lucifer）：《聖經》中魔鬼撒旦的別名，其字義為「光的使者」，亦被稱為最美麗的大使。

記憶的潰敗

胡安．戈地梭羅：《當簾幕落下》[19]

一個上了年紀的男人，剛失去他的妻子。關於他的個性和生平，沒有很多資訊。沒有任何「故事」。這本書唯一的主題就是他新階段的生命，他突然之間進入的這個新階段；妻子還在身邊的時候，同時也在他的前面，在他的時光的地平線上；現在，地平線上空無一物，景物全非。

第一章，男人整夜都在想他死去的妻子，令他困惑的是，回憶將他童年時代的老歌和佛朗哥[20]的宣傳歌曲送進他的腦裡，那時他還不認識他的妻子。為什麼，為什麼？往事窮極無聊嗎？還是往事在嘲笑他？他努力想看到從前他們在一起的所有風景，他終於看見風景了，「可是她，卻連一下子也沒出現過」。

回首過去，他的生命「結構並不緊密，他只找到一些片段，一些孤立的元素，一連串結構鬆散的圖畫……想要在事後為散落的事件辯解，造的假必須騙得過其他人，而不是騙過自己。」（我心想：傳記，不正是這樣的東西嗎？不就是人造

的邏輯，強加在「一連串結構鬆散的圖畫」上嗎？）

在這個新的觀點裡，過去的出現盡在不真實之中。那麼未來呢？當然，這是顯而易見的，未來也沒有絲毫真實可言（他想到他的父親，蓋了一棟房子給兒子們，可是從來沒有人去住過）。如是，過去和未來肩並肩，漸漸離他遠去。他在一個小鎮上散步，牽著一個小男孩的手，他很驚訝，他「感到自己輕盈愉快，跟那個幫他帶路的孩子一樣沒有過去……一切都匯聚於現在，完成於現在……」，就這麼一下子，在這縮減為現在時光的狹小存在裡，他找到一種他不曾體會，也意想不到的幸福。

經過這些時間的檢驗之後，我們就可以明白上帝對他說的這句話了：「雖然你是一滴精液孕育出來的，而我是無數思辨與主教會議製造出來的，我們之間卻有

19. 胡安·戈地梭羅（Juan Goytisolo，一九三一—二〇一七）：西班牙詩人、小說家，佛朗哥掌權後，他開始流亡，佛朗哥在世時，他的所有作品都被查禁。他於一九五六年移居法國，一九九六年喪妻後，移居摩洛哥。二〇一四年獲塞萬提斯文學獎。

20. 佛朗哥（Francisco Franco，一八九二—一九七五）：西班牙法西斯主義軍事獨裁者，一九三六年發動武裝叛亂，一九三九年掌權，任國家元首，鎮壓異己，獨裁統治西班牙直至一九七五年過世。

本質上的共同之處，那就是存在……」上帝？沒錯，是這個老人想像出來的，為的是和祂進行長談。這是一個不存在的上帝，而因為祂並不存在，祂可以自由地大放厥詞、褻瀆宗教。

在某一次談話中，這個大逆不道的上帝向老人提起祂造訪車臣的往事，那是在共產黨統治終結之後，當時俄羅斯正在對車臣人進行戰爭。這就是為什麼老人的身上會帶著托爾斯泰的《哈吉．穆拉特》，因為這是一本講戰爭的小說，同樣的俄羅斯人對同樣的車臣人，時間約莫是一百五十年前。

奇怪的是，我和戈地梭羅筆下的老人一樣，我也在同樣的年代重讀了《哈吉．穆拉特》。我記得當時有個情境令我驚愕：儘管所有人、所有藝文沙龍、所有媒體對於發生在車臣的屠殺都興奮了好些年，但是我不曾聽過任何一個人、任何記者、任何政治人物、任何知識分子，提起過托爾斯泰，想起過他的這本書。所有人都因為屠殺的惡行而震驚，但是沒有人的震驚來自屠殺的重複！然而，惡行的重複正是一切惡行之王！只有戈地梭羅的這個褻瀆宗教的上帝知道這一點，祂說：「告訴我，在我行使神蹟，花了七天創造這個地球以後，這裡有什麼改變？徒勞地延續這場鬧劇有什麼意義？為什麼人們要冥頑不靈地重蹈覆轍呢？」

因為重複的惡行一直被遺忘的惡行好心地抹去（遺忘，「這無底的大洞，回憶消失於此」——對深愛的女人的回憶，對偉大小說的回憶，或是對屠殺的記憶）。

小說及其生殖

賈西亞・馬奎斯：《百年孤寂》

重讀《百年孤寂》的時候，一個奇怪的念頭出現在我腦海裡：這些偉大的小說裡的主人翁都沒有小孩。世界上只有百分之一的人口沒有小孩，可是這些偉大的小說人物至少有百分之五十以上，直到小說結束都沒有繁殖下一代。拉伯雷《巨人傳》的龐大固埃沒有，巴汝奇也沒有後代。唐吉訶德也沒有後代。《危險關係》裡的凡爾蒙子爵沒有，梅黛侯爵夫人也沒有。菲爾汀[21]最著名的主人翁湯姆・瓊斯也沒有。少年維特也沒有。司湯達爾[22]所有的主人翁都沒有小孩，巴爾札克筆下的許多人物也是如此，杜斯妥也夫斯基的也是，剛剛過去的那個世紀，《追憶似水年華》的敘事者馬賽爾也沒有。當然，還有穆齊爾[23]的所有偉大人物——烏爾里希、他的妹妹阿加特、瓦爾特和他的妻子克拉麗瑟，和狄奧蒂瑪；還有哈謝克的好兵帥克；還有卡夫卡筆下的主角們，唯一的例外是非常年輕的卡爾・羅斯曼，他讓一個女傭懷了孩子，不過正是為了這件事，為了將這個孩子從他的生命

中抹去，他逃到美國，才生出了《美國》這部小說。這貧瘠不育並非緣自小說家刻意所為，這是小說藝術的靈（或者說，是小說藝術的潛意識）厭惡生殖。

現代（Temps modernes）將人變成「唯一真正的主體」，變成「一切的基礎」（套用海德格[24]的說法）。而小說，是與現代一同誕生的。人作為個體立足於歐洲的舞臺，有很大部分要歸功於小說。在遠離小說的日常生活裡，我們對於父母在我們出生之前的樣貌所知非常有限，我們只知道親朋好友的片片段段，我們看著他們來，看著他們走。人才剛走，他們的位子就被別人占了——這些可以互相替代的人排起來是長長的一列。只有小說將個體隔離，闡明個體的生平、想法、感覺，將之變成無可替代：將之變成一切的中心。

唐吉訶德死了，小說完成了。只有在唐吉訶德沒有孩子的情況下，這個完成

21. 菲爾汀（Henry Fielding，一七〇七—一七五四）：英國小說家、劇作家，代表作《湯姆・瓊斯》被認為是英國十八世紀最重要的小說之一。
22. 司湯達爾（Stendhal，一七八三—一八四二）：法國小說家，代表作為《紅與黑》、《帕爾馬修道院》。
23. 穆齊爾（Robert Musil，一八八〇—一九四二）：奧地利小說家、劇作家。此處提及的人物皆出自他的小說《沒有個性的人》（Der Mann ohne Eigenschaften）。
24. 海德格（Martin Heidegger，一八八九—一九七六）：德國哲學家，對二十世紀存在主義、現象學、詮釋學等影響甚鉅。

才會確立得如此完美。如果有孩子，他的生命就會被延續、被模仿或被懷疑，被維護或被背叛。一個父親的死亡會留下一扇敞開的門，這也正是我們從小就聽到的──你的生命將在你的孩子身上繼續，你的孩子就是不朽的你。可是如果我的故事在我自己的生命之外仍可繼續，這就是說，我的生命並非獨立的實體；這就是說，我的生命是未完成的；這就是說，生命裡有些十分具體且世俗的東西，個體立基於其上，同意融入這些東西，同意被遺忘：家庭、子孫、氏族、國家。這就是說，個體作為「一切的基礎」是一種幻象，一種賭注，是歐洲幾個世紀的夢。

有了賈西亞．馬奎斯的《百年孤寂》，小說的藝術似乎走出了這場夢，注意力的中心不再是一個個體，而是一整列的個體。這些個體每一個都是獨特的、無法模仿的，然而他們每一個卻又只是一道陽光映在河面上稍縱即逝的粼粼波光；他們每一個都把未來對自己的遺忘帶在身上，而且也都有此自覺；沒有人從頭到尾都留在小說的舞臺上；這一整個氏族的母親老歐蘇拉死時一百二十歲，距離小說結束還有很長的時間；而且每一個人的名字都彼此相似，阿加底奧．荷西．布恩迪亞、荷西．阿加底奧、小荷西．阿加底奧、奧瑞里亞諾．布恩迪亞、小奧瑞里亞諾，為的就是要讓那些可以區別他們的輪廓變得模糊不清，讓讀者把這些人物搞混。從一切跡象看來，歐洲個人主義的時代已經不再是他們的時代了。可是他們的時代是什麼？是回溯到美洲印地安人的過去的時代嗎？或是未來的時代，人類的個體混同在密麻如蟻的人群中？我的感覺是，這部小說帶給小說藝術神化的殊榮，同時也是向小說的年代的一次告別。

III

黑名單或向安納托爾・法朗士致敬的嬉遊曲

1

從前，一個法國朋友在幾個同胞的圍繞中來到布拉格，我也就這麼和一位女士待在同一輛計程車裡，不知該聊什麼話題，於是我傻裡傻氣地問了她最喜歡哪一位法國作曲家。她不假思索的堅定答覆直到此刻還留在我的腦海裡：「絕對不是聖桑[26]！」

我忘記問她：「您聽過他的哪些作品？」我想，她一定會以更憤慨的聲音回答我：「聖桑的作品？當然什麼都沒聽過！」因為對她來說，這並不是對於某種音樂的厭惡，而是更嚴重的事：她不要跟一個刻在黑名單上的名字連在一起。

2

黑名單。這些名單早在一次世界大戰前就已經激發了前衛藝術家的無數熱情。我約莫三十五歲的時候，曾經將法國詩人阿波里奈爾[27]的詩翻譯成捷克文，就是在那時候，我讀到他在一九一三年寫的宣言，他在宣言裡發送「大便」和「玫

MILAN KUNDERA

瑰」。大便送給但丁、莎士比亞、托爾斯泰，還送給愛倫坡、惠特曼、波特萊爾！玫瑰則送給他自己，送給畢卡索、史特拉汶斯基。這份宣言迷人又好笑（阿波里奈爾送給阿波里奈爾的玫瑰），我獲益良多。

3

十年後，我移居法國未久，有一天和一個年輕人閒聊時，他突然問我：「您喜歡巴特嗎？」在那個年代，我已經不再天真了，我知道那是一場考試，我也知道，羅蘭・巴特（Roland Barthes）在此刻象徵著所有金色名單上的頭牌。我回答：「我當然喜歡。這有什麼好問的！您說的不會是否定神學的創始者卡爾・巴特

25. 安納托爾・法朗士（Anatole France，一八四四—一九二四）：法國作家，投入無數政治、社會事務，是第三共和時期最有影響力的社會良知，一八九六年獲選為法蘭西學院院士，一九二一年獲頒諾貝爾文學獎。
26. 聖桑（Saint-Saëns，一八三五—一九二一）：浪漫主義時期的法國作曲家。
27. 阿波里奈爾（Guillaume Apollinaire，一八八〇—一九一八）：原籍波蘭的法國詩人，超現實主義的先驅，「超現實主義」一詞即由他所創。

（Karl Barth）吧！他是個天才！沒有他，我們無法想像會有卡夫卡！」我的主考官從來沒聽過卡爾．巴特，但是，既然我說他跟卡夫卡這個絕對神聖而不可侵犯的名字連得起來，他也就無話可說了。我們的談話於是岔入了其他主題。我對我的回答很滿意。

4

同一時期，在一次晚餐上，我又得通過一場考試了。有個樂迷想知道我最喜歡的法國作曲家是哪一位。啊，舊戲重演了！我其實可以回答：「絕對不是聖桑！」可是我卻讓自己接受另一段回憶的引誘。我的父親在一九二〇年代從巴黎帶回米堯[28]的鋼琴曲，並且在捷克斯洛伐克演出，面對著現代音樂演奏會疏疏落落（非常疏落）的聽眾。這段回憶打動了我，我於是承認我對米堯以及整個「法國六人組」的喜愛。我非常熱情地告白，因為我對於我剛剛落腳、剛剛開始第二人生的這個國家滿懷著愛，我也想在我熱情的讚美裡以這種方式表達我對法國的崇敬。我的新朋友們帶著善意聽我說。他們也帶著善意，婉轉地讓我明白，我認為

是現代的那些人，早就不再是現代了，我得再找些其他名字來讚美。

事實上，這種事一直在發生，這些人從一個名單被移到另一個名單上，天真的人就這樣被耍來耍去。一九一三年，阿波里奈爾將玫瑰獻給史特拉汶斯基，他並不知道，一九四六年，阿多諾[29]會把玫瑰獻給荀白克[30]，卻莊嚴地將大便頒贈給史特拉汶斯基。

而蕭沆[31]！從我認識他開始，他就不斷地從一個名單晃到另一個名單上，直到人生近黃昏的時候才定居在黑色上頭。也是他，在我剛到法國未久的時候，我當著他的面提起安納托爾・法朗士，他帶著狡黠的笑，靠在我耳邊低聲說：「千萬不要在這裡大聲說出他的名字，所有人都會嘲笑您的！」

28. 米堯（Darius Milhaud，一八九二—一九七四）：法國作曲家，「法國六人組」（groupe des siz）成員。「法國六人組」由六位作曲家組成，成員深受薩堤（Erik Satie）及考克多（Jean Cocteau）影響，反對印象主義及華格納的音樂。
29. 阿多諾（Theodor W. Adorno，一九〇三—一九六九）：德國法蘭克福學派哲學家、社會學家、美學家、音樂學家。
30. 荀白克（Arnold Schönberg，一八七四—一九五一）：奧地利作曲家、音樂理論家，開創「十二音列」理論，對後世音樂發展影響甚鉅。納粹將其逐出普魯士藝術學院後，定居美國。
31. 蕭沆（Emil Cioran，一九一一—一九九五）：羅馬尼亞哲學家、作家，二十世紀懷疑論、虛無主義重要思想家，二次戰後羅馬尼亞共產黨查禁其全部著作，蕭沆從此留在巴黎，一九四九年起以法文發表著作。

5

安納托爾・法朗士的送葬隊伍長達幾公里。後來，一切都翻轉了。四個年輕的超現實主義詩人受到他去世的刺激，寫了一本攻擊他的小冊。他在法蘭西學院的座席空了出來，另一位詩人保羅・梵樂希[32]獲選為院士，坐上他的座席。依照傳統儀式，他得宣讀讚美死者的頌詞。這篇頌詞已經成為傳奇，在整個宣讀的過程中，他可以談論法朗士卻不說他的名字，他可以頌揚這位無名氏，卻帶著某種刻意有所保留的況味。

事實上，從他的棺木觸到墓穴深處的那一刻起，走向黑名單的進程就已經為他開啟。事情怎會如此？幾個聽眾有限的詩人說的話，竟然可以影響超過百倍的群眾？那成千上萬跟著棺木遊行的人，他們的崇敬之情消失到哪裡去了？這些黑名單，它們的力量從何而來？它們遵從的密令來自何處？

沙龍。世界上沒有任何地方像法國，可以讓沙龍扮演如此重要的角色。數世紀的貴族傳統，後來又加上巴黎，在這個城市，全國的知識分子菁英們擠在一個狹窄的空間裡，製造他們的見解。他們不是靠批判的研究、博學的討論來宣傳這些

見解，而是靠一些精采的句子、文字遊戲、閃亮誘人的惡毒話語（於是，去中心化的地方，惡意就會稀釋，中心化的地方，惡意就會聚集）。再來談一下蕭沆。在我確定他的名字在所有黃金名單上的年代，我遇到一位著名的知識分子。「蕭沆？」他悠悠地望著我的眼睛，似乎憋了很久的笑意，才對我說出：「一個虛無放肆的公子哥兒……」

6

我十九歲的時候，有個約莫大我五歲的朋友，他是忠實的共產黨員（和我一樣），二次大戰期間他是地下反抗軍的成員（他是真正的反抗軍，曾經出生入死，我也因此而崇拜他），他把他的計畫告訴了我，他要做一套新版的撲克牌，裡頭的國王、王后、侍從將由列寧、模範工人斯達漢諾夫和游擊隊員取代。這個

32. 保羅・梵樂希（Paul Valéry，一八七一—一九四五）：法國詩人、作家、哲學家。

點子很棒，不是嗎？可以把人民對於撲克牌的古老情感和政治教育結合起來。

後來有一天，我讀到法朗士的小說《諸神渴了》（Les dieux ont soif）的捷克文譯本。書裡的主角甘墨蘭是一個年輕畫家，他也是主張推動民主的雅各賓黨人，他發明了一種新的撲克牌，以自由、平等、博愛取代了國王、王后和侍從……我看得目瞪口呆。歷史不過是一首漫長的變奏組曲嗎？我很確定法朗士寫的東西，我的朋友連一行都沒讀過。（沒有，絕對沒有，我特意去問過他這件事。）

7

年輕的時候，我嘗試在這個正在墮入專制獨裁深淵的世界裡找到方向，沒有人預見或想要或想像過這樣的世界，尤其曾經熱切渴望並且歡迎它到來的那些人更是無法想像。當時能把這未知世界的一些事清晰地告訴我的唯一一本書，就是《諸神渴了》。

甘墨蘭，這個發明新版撲克牌的畫家，或許就是「介入社會的藝術家」的第一幅文學肖像。在共產黨統治的初期，我在身邊看過多少這樣的人啊！不過，法朗

士的小說吸引我的地方不是甘墨蘭的揭發，而是甘墨蘭的奧秘。我說「奧秘」，是因為這個把數十人送上斷頭臺的人，在過去某個時期一定也曾經是個和善的鄰人，一個好同事，一個有才華的藝術家。一個誠實正直無可爭議的人，他的體內有可能隱藏著一頭怪獸嗎？在政治風平浪靜的年代，這頭怪獸是不是一樣會在他身上現形？這是無從探測的嗎？還是可以感受得到？我們既然認得這些猙獰的甘墨蘭，那麼我們是否有能力在今日圍繞我們身邊的這些和善的甘墨蘭當中，隱約認出那頭沉睡中的怪獸？

在我的祖國，當人們擺脫了意識形態的幻覺，「甘墨蘭的奧秘」也不再令人感興趣了——一個混蛋就是一個混蛋，哪有什麼奧秘？存在之謎消殞在政治的確定性之後，確定性對於謎都是不屑一顧的。這就是為什麼，儘管人們有豐富的生命經驗，在通過歷史的磨難之後，卻依然愚笨，一如走入磨難之初。

8

甘墨蘭公寓上頭的閣樓有個破爛的小房間，住的是最近財產才被充公的銀行家布侯托。甘墨蘭和布侯托：小說兩頭的端點。在他們奇怪的對手戲裡，與罪惡對立的並非美德，與革命作戰的也並非反革命。布侯托並未領導任何抗爭，他沒有野心要讓自己的想法強壓過當時的主流思想，他只是主張他的權利——他有權擁有不見容的想法，他不只有權懷疑革命，也有權懷疑上帝創造出來的這樣的人。在我的態度逐漸成形的年代，這個布侯托讓我深深著迷；不是因為他有什麼具體的想法，而是因為他的態度，一個拒絕信仰的人。

後來再思考布侯托的問題，我理解到，在共產主義的年代，不同意共產黨統治的，有兩種基本形式：一種是以某種信仰為基礎的不同意，另一種則是以懷疑主義為基礎；一種是說教式的不同意，另一種是不說教的；一種是清教徒式的不同意，另一種是放蕩的；一種是譴責共產主義不信耶穌的，另一種控訴共產主義把自己變成了新的教會；一種是氣憤共產黨准許墮胎，另一種是控訴共產黨讓墮胎變得困難。（在共同敵人的遮蔽下，這兩種態度幾乎看不見彼此的分歧；在共產黨下臺後，它們的分歧才激烈湧現。）

9

我的朋友和他的撲克牌呢？他和甘墨蘭一樣，都沒有成功地把這個點子推銷出去。可是我看他一點也不覺得悶。因為他有幽默感，他跟我說起這個計畫時，我還記得，他笑了。他自己也意識到這個點子很滑稽，可是在他看來，一個滑稽的點子為什麼不能同時也是一個可以用在好事上頭的點子呢？如果拿他和甘墨蘭相比，我想，區分他們的是幽默感，而且肯定的是，由於幽默，我的朋友永遠不會變成劊子手。

在法朗士的小說裡，幽默時時刻刻都在（不過是低調的）。就拿《鵝掌女王烤肉店》（La rôtisserie de la reine Pédauque）來說，我們讀了怎能不開心？可是，這史上最慘的悲劇之一，這片染血的土地，關幽默什麼事呢？然而，獨特、新意、令人讚賞之處就在這裡：面對一個如此嚴肅的主題，能夠抵擋近乎無可避免的誇張語彙。因為只有幽默感才能暴露出別人身上缺少的幽默感，並且要用恐懼讓它暴露出來。只有屬於幽默的清晰意識才能看到甘墨蘭靈魂底層的黑色秘密，那裡是嚴肅的荒漠，沒有幽默感的荒漠。

10

《諸神渴了》的第十章，輕盈、歡愉、快樂的氣氛集中於此。從這裡開始，這樣的光延伸到整部小說，少了這一章，這部小說就會黯淡，就會失去一切魔力。在恐怖時代[33]最黑暗的日子裡，幾個年輕畫家、甘墨蘭和他的朋友戴馬易（愛說笑話的花花公子）、一個有名的女演員（身邊還有其他幾個年輕女子）、一個畫商（和他的女兒埃羅蒂，也就是甘墨蘭的未婚妻），甚至布侯托也在這群人當中（他也是業餘畫家），眾人結伴離開巴黎去遊玩，一起嘻嘻哈哈地過了兩天。在這短暫的時間裡，發生的淨是些平凡無奇的瑣事，但也正是這平凡無奇，閃耀著幸福之光。唯一的豔事（戴馬易和一個年輕女孩交媾，這女孩的寬度比高度還有分量，因為她的骨架有一般人攤開的兩倍大）既無關緊要又荒誕不經，不過卻是快樂的。甘墨蘭，這位革命法庭的新進成員，跟這群人待在一起覺得很自在，他的反應和布侯托完全一樣，而他在未來會將布侯托送上斷頭臺。他們之間的連結是對彼此的好感，這份好感又因為大多數法國人已經對大革命及其滔滔雄辯感到無所謂而顯得更容易維持。這種無所謂，當然是小心翼翼包藏起來的，所以甘墨蘭並沒有察覺。他和其他人相處融洽，儘管在融洽的同時，他在人群中其實是孤伶伶的（孤伶伶，卻還不自知）。

11

在過去一整個世紀裡，成功地把安納托爾・法朗士的名字放進黑名單的人並不是小說家，而是一些詩人。首先，是超現實主義者：阿哈貢（Aragon）（那時他改寫小說的偉大功業還沒開始）、布賀東（Breton）、艾呂雅（Eluard）、蘇波（Soupault）（每個人都寫了他們的文章，集成那本小冊）。

他們是自認前衛的年輕藝術家，他們都被這種過度正式的榮光給激怒了。他們是貨真價實的抒情詩人，他們將憎惡集中在一些相同的關鍵字上。阿哈貢指責死者：「嘲諷」；艾呂雅：「懷疑主義、嘲諷」；布賀東：「懷疑主義，寫實主

33. 恐怖時代（la Terreur）：指法國大革命時期從一七九三年五月到一七九四年七月的這個階段。

義，沒心肝」。所以他們的暴力有某種意義、某種邏輯，儘管布賀東筆下的「沒心肝」讓我有點困惑。這位特立獨行的偉大藝術家，難道想以如此俗濫的用語來鞭屍嗎？

而且法朗士在《諸神渴了》裡頭也提到了心。甘墨蘭和新的工作伙伴們在一起，這些革命法庭的法官得全速判處被告死刑，或者宣告他們無罪。法朗士是這麼描寫他們的：「一邊是不為所動的、溫溫的、愛說理的人，沒有任何激情可以讓他們興奮，另一邊的人則是跟著感覺走，他們看起來似乎不太可能接受被告提出的理由，**他們用心在判決。用心在判決的這些人總是在判處死刑。**」（字體變化是我標示的。）

布賀東的觀察沒錯：安納托爾．法朗士沒有給心很高的評價。

12

保羅．梵樂希優雅地譴責了安納托爾．法朗士的那篇演說，因為另一個理由而有了劃時代的價值：這是在法蘭西學院講壇上宣讀的第一篇關於小說家的講稿，

我想說的是，這篇講稿談的是一個作家，而他的重要性幾乎完全在於他所寫的小說。事實上，在整個十九世紀——這個法國小說最偉大的世紀——小說家基本上是被法蘭西學院忽視的。這不荒謬嗎？

這不盡然是件荒謬的事。因為當時小說家的特質並不符合足以代表一個國家的人的特質——透過他的思想、態度、道德典範。法蘭西學院視為理所當然，要求其院士所具有的「偉人」地位，並非小說家野心之所在；小說家嚮往的地方不在那裡；基於小說藝術的天性，小說家秘密、曖昧、嘲諷（是的，嘲諷，超現實主義者的小冊子對於這一點非常瞭解）；而且，小說家隱匿在他的人物之後，我們很難還原出某種信念、某種態度。

就算有某些小說家進入大家的共同記憶，成為「偉人」，這也只是種種歷史性的偶然遊戲造成的結果，而且，對他們的著作來說，這一向都是災難。

我想到湯瑪斯．曼[34]努力地想要讓人理解他小說裡的幽默。這是一種動人而徒

34. 湯瑪斯．曼（Thomas Mann，一八七五—一九五五）：德國作家，一九二九年諾貝爾文學獎得主，著有《魔山》、《威尼斯之死》等書，曾因反對納粹而移居美國，十餘年後才返回歐洲。

勞的努力，因為在那個年代，他的祖國的名字被納粹主義玷污了，他是唯一可以以古老德國這個文化國度的繼承人身分與世界對話的人，他的處境的嚴肅性——很令人遺憾地——遮掩了他著作裡迷人的微笑。

我想到高爾基[35]。他渴望為那些可憐人和他們挫敗的革命（一九〇五年那場）做些好事，所以他寫了他最爛的一部小說《母親》，這部小說在許久之後（因為黨的高層的諭令）成了所謂社會主義文學的神聖典範。他的那些小說（遠比我們願意相信的更自由也更美），就這樣消失在雕像所樹立的人格背後了。

我也想到索忍尼辛[36]。這位偉人是偉大的小說家嗎？我怎麼知道？我從來不曾打開任何一本他的著作。他那引起巨大迴響的堅定立場（我為他的勇氣鼓掌）讓我相信，我已經預先認識了他所說的一切。

13

《伊里亞德》的故事在特洛伊城被攻陷之前許久就完結了，故事結束於戰爭勝負未卜之際，著名的木馬在此刻甚至還沒出現在尤利西斯的腦袋裡。因為第一位

偉大的史詩詩人就定下了這麼一條戒律：永遠不要讓個人命運的時間和歷史事件的時間碰巧湊在一起。第一位偉大的史詩詩人以個人的命運作為他詩歌的節律。

在《諸神渴了》裡頭，甘墨蘭和羅伯斯比[37]上斷頭臺的日子是前後幾天，他在雅各賓黨人失勢之際喪生，他的生命節律和歷史節律合奏齊鳴。我是不是在心底責怪法朗士破壞了荷馬的戒律？是的，可是到後來，我又改變想法了。因為甘墨蘭命運的恐怖就在這裡，歷史吞沒的不只是他的思想、感覺、行動，甚至連時間、連他的生命節律也一併吞沒。他是被歷史吃掉的人，他是被拿來填塞歷史的人類，而小說家大膽地捕捉到這種恐怖。

所以我不會說歷史時間與小說主角生命時間的巧遇是這部小說的敗筆。然而，

35. 高爾基（Maxime Gorki，一八六八—一九三六）：俄羅斯作家，沙皇統治時期因積極參與政治活動而遭流放。《母親》寫於一九〇七年，深獲列寧讚賞，後成為蘇聯的經典著作。一九二七年，蘇聯科學院授予他「無產階級作家」稱號，他曾獲頒列寧勳章，任蘇聯共產黨中央委員，是蘇聯的模範作家。

36. 索忍尼辛（Soljenitsyne，一九一八—二〇〇八）：俄羅斯作家，諸多作品描述蘇聯集中營及社會黑暗面，一九七〇年獲頒諾貝爾文學獎，一九七四年被蘇聯政權驅逐出境，蘇聯解體後，於一九九四年回歸俄羅斯，被譽為「二十世紀俄羅斯最偉大的良心」。

37. 羅伯斯比（Maximilien de Robespierre，一七五八—一七九四）：法國大革命的代表性領導人物。

我也不會否認，這是這部小說的障礙，因為這兩個時間的巧遇，引導讀者將《諸神渴了》理解為一部「歷史小說」，或是對於歷史的一則闡述。這對法國讀者來說，是避不開的陷阱，因為在這個國家，大革命已經變成一個神聖的事件，成了國民論戰的永恆主題，讓人們分裂，彼此對立，所以一部描述大革命的小說會立刻被這永不饜足的論辯所啃噬。

這就解釋了為什麼出了法國，人們對於《諸神渴了》的理解總是勝過在法國境內。因為這正是每一部情節與特定歷史時期貼合得過度緊密的小說所承受的命運；同胞們總是不由自主地在這些小說裡尋找他們自己經歷過，或者曾經激烈爭辯過的東西；他們總是在問，小說提供的歷史形象是否與他們所知的相符；他們想要識破作者的政治傾向，他們迫不及待地想要做出判決。要錯失一部小說，這是最確定的方法。

因為在小說家的作品裡，認識的激情既非針對政治，也非針對歷史。那麼，小說家面對這些在成千上萬各式各樣的學術書籍裡被描述過、討論過的事件，還能發現什麼新玩意？毫無疑問，法國的恐怖時代看似駭人，但是請仔細讀一下發生在欣快的反革命氣氛裡的最後一章！亨利這個迷人的龍騎兵，他曾經在革命法庭上揭發過一些人，此刻又再度神采奕奕地出現在勝利的人群裡！狂熱愚蠢的保王黨人燒了羅伯斯比的人偶，把馬拉[38]的人像吊在路燈桿上。不，小說家寫他的小說並不是為了給大革命定罪，而是為了檢視大革命的行動者的奧秘，以及隨此奧秘而來的其他奧秘，藏身於恐怖之中的喜劇性的奧秘，伴隨悲劇而來的煩惱的奧秘，見人頭落地而興奮的心之奧秘，作為人類最後避難地的幽默的奧秘……

14

所有人都知道，保羅．梵樂希對於小說的藝術沒有太大的敬意：這在他的演說裡看得很清楚；他感興趣的只有法朗士的精神與智識的態度，而不是他的小說。這方面，梵樂希永遠不乏熱心的追隨者。我打開口袋本的《諸神渴了》（Folio，一九八九），書的最後有一份書目推薦了五本關於作者的書，我臚列如下：《論戰者安納托爾．法朗士》、《熱情的懷疑論者安納托爾．法朗士》、《懷疑論的

38. 馬拉（Jean-Paul Marat，一七四三—一七九三）：法國大革命時期的政治人物，於浴缸內被暗殺身亡。

冒險（關於安納托爾．法朗士精神與智識歷程的文集）》、《安納托爾．法朗士談安納托爾．法朗士》、《安納托爾．法朗士：成長的年代》。這些書名清楚地指出了引人注意的是：（一）法朗士的傳記，（二）他對於那個時代的智識衝突的態度。可是，為什麼人們對於最重要的部分從來不感興趣呢？安納托爾．法朗士是否透過他的作品，在人的生命這個主題，道出了從未有人說過的東西？他是否為小說藝術帶來什麼新的東西？如果答案是肯定的，他的小說詩學該如何描述，如何定義？

梵樂希將法朗士的所有著作和托爾斯泰、易卜生、左拉的著作並列（在短短一個句子裡），他給法朗士的評價是「輕浮的作品」。有時候說者無意，惡意卻會變成讚美！其實，法朗士令人讚賞之處正在於他處理恐怖時代的沉重所運用的手法之輕！在法朗士的時代，沒有任何一部偉大的小說裡頭找得到這種輕。隱隱約約，這種輕浮讓我想起上個世紀，想起狄德羅的《宿命論者雅克》或伏爾泰的《戇第德》。可是在他們的作品裡，敘事的輕浮在世界的上空翱翔，而這個世界的日常現實依舊不可見也未被表述；《諸神渴了》裡頭則是始終呈現著日常生活的平庸性這個十九世紀小說的偉大發現，不過不是透過冗長的描述，而是透過細節、關注、驚人的簡短觀察。這部小說結合了悲慘得令人難以承受的歷史和平庸得令人難以承受的日常生活，由於這兩個對立的生命面向總是在碰撞，在相互辯駁，要讓對方顯得可笑，它們的結合因此激出了嘲諷的火花。這種結合創造了這本書的風格，同時也創造了一個偉大的主題（大屠殺時期的日常性）。夠了，就這樣吧，我可不想把自己變成法朗士小說的美學分析者……

15

我不想，是因為我沒準備好。我的記憶裡清楚地留存著《諸神渴了》和《鵝掌女王烤肉店》（這兩部小說是我過去生命的一部分），可是法朗士的其他小說只在我心裡留下模糊的記憶，而且有些我根本沒讀過。不過這其實就是我們認識小說家的方式，就算是我們非常喜歡的也不例外。我說：「我喜歡約瑟夫·康拉德（Joseph Conrad）。」我的朋友說：「我沒那麼喜歡。」可是我們說的是同一個作者嗎？我讀了康拉德的兩本小說，我的朋友只讀了一本我不知道的。然而，我們兩個都在極其天真的情況下（極其天真的魯莽），認為自己對康拉德的想法是正確的。

每一種藝術都會發生這種情況嗎？不盡然。如果我跟您說，馬諦斯（Matisse）是個二流畫家，您只要去一家美術館花上十五分鐘，就可以明白我很蠢。可是要如何重讀康拉德的所有作品呢？這可得花上您幾星期的時間！不同的藝術以不同的方式到達我們的腦子；不同的藝術以不同的流暢性、不同的速度、不同的無可避免的簡化程度進入人腦；還有不同的持續性。大家都在談文學史，大家都很確定自己知道文學史是怎麼回事，可是具體來說，文學史在共同的記憶裡到底是什麼？那是一塊由片片段段的形象拼湊而成的百衲被，在純粹偶然的情況下，千千萬萬的讀者，每個人都為自己拼上一塊。如此霧氣蒸騰、如此虛幻的記憶天幕處處是破洞，我們都只能任憑黑名單的擺布，聽任黑名單的任意專斷、無從檢證的判決，卻永遠擺出一副愚蠢的優雅姿態。

16

我找到一封舊信，日期是一九七一年八月二十日，署名路易。這封相當長的信是阿哈貢給我的回信（我已經完全忘記我去信的內容了）。他告訴我過去那個月，他都在忙他的那些書，編輯那兒正在處理（「《馬諦斯》九月十日左右要出版……」），在這樣的前後文裡，我讀到「不過關於法朗士的小冊子，實在不值一提，我甚至不認為我真的明白我大放厥詞的那一頁在寫什麼，就這麼簡單。」

我很喜歡阿哈貢在戰後寫的小說，《神聖七日》（La semaine sainte）、《處死》（La mise à mort）。許久以後，他幫我的小說《玩笑》寫了一篇序言，我很高興能面對面認識他，我想要延續我們的關係。我的行為跟上回在計程車裡沒有兩樣——為了找話講，我問那位女士最喜歡哪位法國作曲家。為了擺出一副對於超現實主義者攻擊安納托爾．法朗士的小冊子十分瞭解的架勢，我肯定是在信裡問了阿哈貢什麼問題。今天，我可以想像他些微的失望：「這篇大放厥詞的爛文章，難道是我寫過的所有文字裡頭，唯一讓這個**昆德拉**感興趣的東西？」而且（更讓人感傷的是）：「難道我們之間只剩下這種不值一提的事可以談？」

17

這篇文章就要劃下最後的句點了，我還是要再提第十章作為告別。這個章節是在小說的前三分之一點亮的一盞燈，它不斷以溫柔的微光照亮這部小說，直到最後一頁——一小群朋友、波希米亞人一同出城遊憩，離開巴黎兩天，他們在鄉間的一家客棧落腳；每個人都想找些豔事，但只有一樁成了事——夜幕低垂，愛說笑話的花花公子戴馬易去閣樓上找一個跟他們同行的年輕女孩；她不在那裡，可是他找到了另一個女孩，那是客棧的女侍，一個身形巨大的年輕女孩，由於她的骨架是一般人攤開的兩倍大，她的寬度比高度還有分量；她在那兒睡覺，脫了上衣，兩腿岔開；戴馬易毫不猶豫上前和她做愛。這短暫的交媾，這幕可愛的霸王硬上弓，只是描寫得很節制的一個小段落。為了不讓這段插曲留下任何沉重、醜陋、自然主義的殘餘，第二天，當這群人準備離去的時候，這個骨架兩倍大的女孩爬上梯子，心情好得很，開開心心地向下頭的這些人撒花作為告別。約莫兩百頁之後，在這部小說的最後，戴馬易這個搞了大骨架女孩的好心人，出現在埃羅蒂的床上（埃羅蒂是甘墨蘭的未婚妻，甘墨蘭已經上了斷頭臺）。而這一切沒有絲毫

誇張的修辭，沒有任何控訴，沒有任何苦笑，只有一片輕輕、輕輕、輕輕的悲傷薄紗覆在上頭……

IV ／ 完全傳承之夢

關於拉伯雷[39]與「厭惡繆斯」的對話

紀・斯卡佩塔[40]：我記得你說過這段話：「我一直很驚訝，拉伯雷對法國文學的影響竟然這麼少。狄德羅的影響當然很大，當然。謝琳也是。可是在這之外呢？」你也提到紀德[41]在一九一三年回覆一份調查研究時，將拉伯雷逐出他的小說萬神殿，而迎入了弗羅芒坦（Fromentin）。那你呢？對你來說，拉伯雷代表的是什麼？

米蘭・昆德拉：《巨人傳》是在小說之名存在以前就已經存在的小說。那是個奇蹟的時刻，永遠不會再現，那時這門藝術的建構還無跡可循，所以也還沒受到規範上的約限。自從小說開始將自己確認為一個特別的種類或者（好一點的話）一門獨立的藝術，它最初的自由就縮減了；來了一些美學糾察隊，他們自認可以頒布法令，不論是否能回應這門藝術的特質（不論對象是不是小說），沒多久，讀者也形成了，他們也有他們的習慣和要求。由於小說的這種最初的自由，拉伯雷的作品隱含著美學上無限的可能性，其中有一些在後世的小說演進過程中實現

了，有一些則從未實現。然而小說家得到的傳承不僅是一切已經實現的，也包括一切曾經可能的。拉伯雷讓小說家想起這一點。

斯卡佩塔：所以，謝琳，他是僅有的幾位法國作家，說不定是唯一的，公開明確地為拉伯雷抱不平的作家。對於他的說法，你怎麼想？

昆德拉：「拉伯雷搞砸了，」謝琳是這麼說的。「拉伯雷想要的，是一種所有人的語言，一種真的語言。他想要將語言民主化……讓口語進入書寫的語言……」依照謝琳的說法，獲勝的是學院派的刻板風格：「……不，法國已經無法理解拉伯雷了，法國變得矯揉造作……」某種矯揉造作，是的，這是法國文學、法國精神的厄運，我同意。不過，我對於謝琳這篇文章裡的這段話，還是持保留態度，他說：「我想說的重點就是這些了。其他的（想像力、創造力、喜

39. 拉伯雷（François Rabelais，生於一四八三至一四九四年間，卒於一五五三年）：文藝復興時期的法國作家，《巨人傳》（Gargantua - Pantagruel）作者。
40. 紀・斯卡佩塔（Guy Scarpetta，一九四六—）：法國小說家、文學評論家，長期於法國知識菁英月刊《外交世界》（Le Monde diplomatique）上發表文學評論。
41. 紀德（André Gide，一八六九—一九五一）：法國作家，一九四七年諾貝爾文學獎得主，著有《地糧》、《偽幣製造者》、《如果一粒麥子不死》。

劇性之類的）我沒興趣。語言，一切都是語言。」在他寫下這段文字的年代，在一九五七年，謝琳還無法得知這種將美學化約為語言的說法會變成未來的一句學院經典蠢話（他應該會厭惡這種東西，這是毋庸置疑的）。事實上，小說也是：人物；故事；結構；風格（種種風格的運用）；精神；想像的特質。譬如，你想一想拉伯雷作品煙火般的各種風格——散文、詩句、可笑事物的羅列、科學言說的仿諷、冥想、諷喻、寫實主義的描述、對話、獨白、默劇……。語言的民主化完全無法解釋這形式上的豐富、高明、熱情洋溢、遊戲、欣快，而且非常刻意（刻意的意思不是矯揉造作）。拉伯雷小說形式的豐富是舉世無雙的。這正是在後世的小說演進過程中被遺忘的可能性之一。直到三百五十年後，這樣的可能性才在詹姆斯．喬伊斯的身上重現。

斯卡佩塔：相對於法國小說家們對拉伯雷的這種「遺忘」，拉伯雷對許多外國小說家來說，卻是一個重要的參照——你提到了喬伊斯，當然是，我們也會想到加達（Gadda），還有一些當代的作家，我就老是聽到他們以極大的熱情談到拉伯雷，這些作家包括：丹尼洛．契斯[42]、卡洛斯．富恩特斯[43]、戈地梭羅，或是你自己……。這麼看來，小說這個文學類型的「源頭」在自己的國家被看輕，卻在外國得到平反。你如何解釋這種反常的現象？

昆德拉：我只能說我看到這種反常現象最表層的面向。在我約莫十八歲時，令我深深著迷的拉伯雷是以一種賞心悅目的現代捷克文寫的。由於拉伯雷的古法文在今天讀來確實難以理解，對一個法國人來說，這多少有些死氣沉沉、過時、像教科書，而透過（好的）翻譯認識拉伯雷的讀者，比較沒有這樣的問題。

斯卡佩塔：在捷克斯洛伐克，拉伯雷是在何時被翻譯的？譯者是誰？是如何翻譯的？這個譯本的命運又是如何？

昆德拉：拉伯雷的作品是一群傑出的羅曼語[44]語言學家翻譯的，這個小團體叫作「波希米亞的德廉美[45]」。第一部《卡岡都亞》的譯本在一九一一年出版。全書五部在一九三一年出齊。說到這裡，我補充一點，在「三一年戰爭」之後，

42. 丹尼洛・契斯（Danilo Kis，一九三五—一九八九）：南斯拉夫作家，一九六二年起定居於法國，著有《栗樹街的回憶》、《紅木柄小刀》、《死亡百科全書》、《沙漏》等書。
43. 卡洛斯・富恩特斯（Carlos Fuentes，一九二八—二〇一二）：墨西哥小說家，與馬奎斯等人同為拉丁美洲魔幻寫實風格的代表性作家，一九八七年獲塞萬提斯文學獎，著有《我們的土地》、《最澄澈的地域》和《克魯兹之死》等書。
44. 羅曼語：屬印歐語系，法語、西班牙語、義大利語、葡萄牙語、羅馬尼亞語皆屬於此一語族。
45. 德廉美（Thélème）：拉伯雷《巨人傳》中的修道院名，由巨人卡岡都亞創建。

作為文學語言的捷克文幾乎消失了。這個國家在十九世紀開始重生（如同中歐的其他國家），當時它的一大賭注是讓捷克文成為和其他語言平起平坐的一種歐洲語言。而翻譯拉伯雷的成功，對一個語言的成熟來說，是多麼輝煌的明證！事實上，《巨人傳》是歷來以捷克文書寫的最美麗作品之一。對現代捷克文學而言，拉伯雷的啟發是相當有分量的。捷克小說最偉大的現代主義者弗拉第斯拉夫・萬楚拉（Vladislav Vancura）（他在一九四二年被德國人槍決），就是一個熱情的拉伯雷擁護者。

斯卡佩塔：那麼，拉伯雷在中歐的其他地方呢？

昆德拉：他在波蘭的命運跟在捷克斯洛伐克是一樣的，塔德茲・博伊—傑廉斯基（Tadeusz Boy-Zelenski）（他也是被德國人槍決的，時間是一九四一年）的譯本非常棒，是波蘭文寫出的最偉大文字作品之一。讓貢布羅維奇[46]神魂顛倒的就是這個波蘭化的拉伯雷。貢布羅維奇提起他心目中的「大師」時，他一口氣講了三個：波特萊爾、韓波和拉伯雷。波特萊爾和韓波是所有現代主義者習用的參照對象。找拉伯雷撐腰，這就比較少見了。法國的超現實主義者不是很喜歡他。在中歐以西，前衛的現代主義幼稚地對抗傳統，而且幾乎只實現在抒情詩歌的領域。貢布

羅維奇的現代主義不一樣，它首先是小說裡的現代主義。而且，貢布羅維奇不想天真地對傳統的一切價值提出異議，而是去「重新評價」（在尼采重新評估一切價值〔Umwertung aller Werte〕的意義上）。拉伯雷—韓波湊成一對，作為一種綱要，這就是對於現代主義的偉大人物們的一種意義深遠的新觀點，我自己也是如此想像的。

斯卡佩塔：在法國的教學傳統裡（譬如在文學教科書裡頭所呈現的），有一種將拉伯雷帶往「正經」的傾向，要將拉伯雷變成一個單純的人文主義思想家，代價是捨棄那些灌溉他作品的遊戲、熱情洋溢、幻想、猥褻、笑的部分，而這正是巴赫汀[47]認為具有價值的「嘉年華式」的部分。你如何看待這樣的化約，或這樣的扭曲？這是在拒絕這個嘲諷一切正統、一切正面思想的部分嗎？依你的說法，這種嘲諷構成了小說這個文學類型的本質。

46. 貢布羅維奇（Witold Gombrowicz，一九〇四—一九六九）：波蘭作家，被譽為二十世紀最重要的小說家之一，影響昆德拉在內的無數後輩作家，著有《費爾迪杜凱》、《伊沃娜，伯甘達的公主》等書。
47. 巴赫汀（Mikhaïl Bakhtine，一八九五—一九七五）：俄羅斯文學理論家、史家，也是社會語言學的先驅，曾提出「對話理論」、「眾聲喧譁」等重要概念。

昆德拉：這比拒絕嘲諷、幻想之類的更慘。這是對藝術的冷漠，是拒絕藝術，是對藝術反感，是一種「厭惡繆斯」的行為；他們讓拉伯雷的作品偏離一切美學的思考。由於史學與文學理論變得越來越厭惡繆斯，所以關於拉伯雷，只有一些作家說得出有意思的話。一個小小的回憶：在一次訪談中，有人問魯西迪[48]在法國文學裡頭最喜歡什麼，他的回答是「拉伯雷和《布瓦與佩居謝》[49]」。為什麼是《布瓦與佩居謝》？這個答覆比教科書裡很多長篇累牘的文章說得更多。因為那是不同於《情感教育》和《包法利夫人》的另一個福樓拜。因為那是不正經的福樓拜。那麼，為什麼是拉伯雷？因為他是小說藝術裡不正經的先行者、創始者、天才。藉由這兩個參照，魯西迪將價值賦予不正經的原則，而這正是小說藝術的諸多可能性當中，在小說歷史裡始終被忽略的一種。

（一九九四）

貝多芬的完全傳承之夢

我知道，海頓、莫札特已經時不時地讓複調在他們的經典作品裡重生，然而，在貝多芬的作品裡，同樣的重生在我看來卻是更執拗，也更深思熟慮。我想到他最後的幾首鋼琴奏鳴曲，「作品一〇六號」《漢馬克拉維奏鳴曲》[50]的最後樂章是一段賦格，極其豐富的古老複調，卻充滿新的時代精神——更長、更繁複、更響亮、更有戲劇性、更生動。

「作品一一〇號」奏鳴曲更令我讚歎，賦格是第三（最後）樂章的一部分，第三樂章是由短短的一個樂節（標示著朗誦調〔recitativo〕的幾個小節）所引入的，

48. 魯西迪（Salman Rushdie，一九四七－）：英國小說家，生於印度，十四歲移居英國。一九八一年以《午夜之子》贏得「布克獎」，一九八八年出版《魔鬼詩篇》，被伊朗宗教領袖科梅尼認為褻瀆伊斯蘭教，於次年發布格殺令。

49. 《布瓦與佩居謝》（Bouvard et Pécuchet）：福樓拜未完成的小說作品，福樓拜死後，於一八八一年出版。

50. 《漢馬克拉維奏鳴曲》（für Hammerklavier）：德文Hammerklavier是十九世紀早期鋼琴的名稱，貝多芬以此為「作品一〇六號」的鋼琴奏鳴曲命名。

旋律在這裡失去歌的特質，變成話語；不規則的節奏讓旋律變得激烈，再加上同一個音以十六分音符、三十二分音符堅定地重複；接下來是一段分為四部分的曲子：第一部分：一個小抒情調（arioso）（完全是主調音樂〔homophonie〕：一段踏著弱音踏瓣〔una corda〕的旋律，伴著左手的和弦；古典的寧靜安詳）；第二部分：賦格；第三部分：同一個小抒情調的變奏（同樣的旋律變得生動、哀怨；浪漫的心碎）；第四部分：同樣的賦格的延續，相反的主題（由弱到強，在最後四個小節裡轉化為主調音樂，剝除了一切複調音樂的痕跡）。

所以，在十分鐘的狹小空間裡，這個第三樂章（包括它短短的序曲）以情感及形式上奇特的混雜而獨樹一格，然而聽眾卻渾然不覺，因為這般的繁複聽來竟是如此簡單而自然。（希望這是個好例子：偉大的大師所做的形式創新總是有某些低調之處，這才是真正最了不起的，只有那些渺小的大師所做的創新才會刻意提醒人去注意。）

貝多芬將賦格（複調音樂的典範形式）引入奏鳴曲（古典主義音樂的典範形式）的時候，彷彿把手放在兩個偉大時代因過渡而生的傷痕上——前一個時代始於十二世紀的第一個複調音樂，直到巴哈，後一個時代的基礎則是我們習稱的主調

音樂。他彷彿不斷自問：複調音樂的傳承是否依然屬於我？如果答案是肯定的，那麼，要求每個聲部都清晰可聞的複調音樂如何能夠適應最近發現的管弦樂團（還有，如何適應從平實的老鋼琴到《漢馬克拉維》的轉變）？它們豐富的音質讓個別的聲部不再清晰可辨。而複調音樂寧靜安詳的精神如何能抵擋伴隨古典主義而生的音樂在情感上的主觀性？這兩種如此對立的音樂概念能否共存？而且共存於同一個音樂作品裡（奏鳴曲「作品一〇六號」）？而且更緊密地，共存於同一個樂章（「作品一一〇號」的最後樂章）？

我想像貝多芬譜寫這些奏鳴曲時，夢想成為自始至今所有歐洲音樂的傳承者。我說他懷抱的這個夢——偉大的綜合手法之夢（綜合兩個明顯無從和解的時代）——直到一百年後才由現代主義最偉大的作曲家圓滿地實現，特別是荀白克和史特拉汶斯基。儘管這兩位作曲家在完全對立的道路上前行（或者是阿多諾認為他們完全對立＊），他們卻不是（不僅是）先驅的後繼者，而是全然自覺地，作為整個音樂歷史的完全傳承者（或許是最後的傳承者）。

＊關於史特拉汶斯基和荀白克之間的關係，我在〈即興編作，向史特拉汶斯

基致敬〉（《被背叛的遺囑》第三部）詳細說明過：史特拉汶斯基的作品整體來說，是從十二世紀長途旅行到二十世紀的歐洲音樂的一個偉大總結。荀白克也在他的音樂中擁抱整個音樂歷史的經驗，但他用的不是史特拉汶斯基「水平的」、「史詩的」、漫步的方法，而是僅止於他「十二音列體系」的綜合手法。阿多諾將這兩種美學放在完全對立的兩端。他沒看見在遠處讓這兩種美學靠近的東西。

MILAN KUNDERA

原小說（archi-roman）：

為卡洛斯．富恩特斯生日而寫的公開信

親愛的卡洛斯，

這是你的一次生日，對我來說也是一個週年紀念日。七十年前你誕生了，而我第一次遇見你則是整整三十年前的事了，在布拉格。你來到布拉格，就在俄羅斯入侵之後幾個月，和胡立歐．科塔薩（Julio Cortazar）、加布里埃爾．賈西亞．馬奎斯一起，來表達你對我們這些捷克作家的憂慮。幾年之後，我到法國定居，你當時是墨西哥的駐法大使。我們經常碰面聊天。談一點政治，談很多小說。尤其是後者，我們彼此的看法非常接近。

那時我們談到你巨大的拉丁美洲和我小小的中歐之間，有著令人驚訝的親近性，分踞世界兩端的兩個地方卻同樣帶著巴洛克歷史記憶的印記，這讓小說家對於幻想、魔法、夢境的想像所散發的魅力極其敏感。還有另一個共同點：這兩個地方都在二十世紀小說——現代小說，也可以說，後普魯斯特的小說——的演進過

程中扮演了決定性的重要角色：先是在一九一〇、二〇、三〇年代，我們歐洲這邊偉大的小說家眾星雲集：卡夫卡、穆齊爾、布羅赫[51]、貢布羅維奇……（我們都很驚訝，我們兩個都對布羅赫有同樣的崇敬，而且我覺得，應該更甚於這位小說家的同胞對他的喜愛；但是又不同，因為對我們來說，布羅赫為小說打開了一些新的美學的可能性；所以對我們來說，他首先是《夢遊者》〔Die Schlafwandler〕的作者。）接著在一九五〇、六〇、七〇年代，則是另一群閃耀的明星，在你那邊，他們繼續改造小說的美學：胡安．魯佛（Juan Rulfo）、卡本提爾（Alejo Carpentier）、薩瓦托（Ernesto Sabato），然後是你和你的朋友們……

我們決心懷抱兩種忠誠——忠於二十世紀的現代藝術革命，忠於小說。兩種完全無法匯聚的忠誠。因為前衛藝術（意識形態化的現代藝術）始終將小說流放於現代主義的門外，視之為過氣的東西，因襲常規至無可救藥的地步。後來，就算在五〇、六〇年代，發展遲緩的前衛藝術家想要創造、想要主張他們的小說現代主義，他們所走的路也是純粹否定性的道路：沒有人物、沒有情節、沒有故事的小說，如果可能的話，也沒有標點，小說，在這樣的情況下也樂於被稱為反小說（anti-roman）。

MILAN KUNDERA

奇怪的是：創造現代詩的那些人沒有主張要做反詩歌（anti-poésie）。相反地，自波特萊爾以降，詩的現代主義嚮往的是要徹底接近詩的本質，接近詩最深層的特質。在這樣的意義下，我想像的現代小說並非反小說，而是原小說。原小說：第一，它專注於只有小說能說的事；第二，它讓小說的藝術在小說四個世紀的歷史裡所累積但卻被忽略、遺忘的一切可能性獲得重生。我讀你的《我們的土地》（Terra nostra）已經是二十五年前的事了。我讀的是一部原小說。證據是這部小說曾經存在，這部小說可以繼續存在。小說偉大的現代性。它令人著迷而且困難的創新之處。

我擁抱你，卡洛斯！

米蘭

51. 布羅赫（Hermann Broch，一八八六—一九五一）：猶太裔奧地利小說家、劇作家，一九三八年奧地利成為納粹附庸之後，被捕入獄，在愛爾蘭小說家喬伊斯等人的抗議下獲釋，隨即赴英國之後移居美國。

*

我在一九九八年為《洛杉磯時報》寫了這封信。今天，我可以加上什麼？就是這幾句關於布羅赫的文字了：

在他的命運裡，那個時代的歐洲刻劃著悲劇。一九二九年，他四十三歲那年，他開始寫三部曲的小說《夢遊者》，完成於一九三二年。他生命日正當中的四年！他滿懷自豪的心情，十足地自信，當時他把《夢遊者》的詩學視為「一個完全原創的現象」（一九三一年的信），將會開啟「文學演進過程裡的一個新時期」（一九三〇年的信）。他想得沒有錯。可是《夢遊者》才剛完成，他就看到在歐洲「虛無的長征開始了」（一九三四年的信），「在這恐怖的時代，文學百無一用」（一九三六年的信）的感覺開始占據他的心緒；他被捕入獄，之後被迫移居美國（從此他不曾再看見歐洲），而正是在這黑色的年代，他寫了《維吉爾之死》（Der Tod des Vergil），靈感來自維吉爾決心摧毀他的《埃涅阿斯紀》的傳說[52]——這是以小說形式書寫，以小說藝術為對象的一場莊嚴告別，同時，對他來說，這也是一次「私人的死亡準備動作」（一九四六年的信）。事實上，除了幾篇舊作的改寫

（還是很棒）之外，他放棄了文學這個「成功與虛榮的事業……」（一九五〇年的信），退縮在學者的研究室裡，直到過世（一九五一年）。學界人士和哲學家們（包括漢娜・鄂蘭[53]）滿腦子想的都是他在美學上的棄絕背後極其獨特的心理，因而關心的多是他的態度、他的想法，而非他的藝術。這是非常可惜的事，因為會讓他流傳後世的不是學術著作，而是他的小說，尤其是《夢遊者》和這部小說「完全原創」的詩學，在其中，布羅赫理解小說現代性的方式是以偉大的綜合手法將一切形式的可能性拿來做實驗，這種綜合的手法是前無古人的。一九九九年，《法蘭克福廣訊報》做了一整年關於全世界各地作家的調查報告；每個星期都有一位作家說出他心目中這個世紀最偉大的文學作品（並且說明選擇此書的理由）。富恩特斯選了《夢遊者》。

52. 維吉爾（Virgile，西元前七十年—西元前十九年）：古羅馬詩人，《埃涅阿斯紀》（Enéïde）歌頌羅馬如何從一無所有開始，終於成為世界的帝國。

53. 漢娜・鄂蘭（Hannah Arendt，一九〇六—一九七五）：原籍德國的哲學家，因德國迫害猶太人而移居法國，後於一九四一年移居美國，代表作為《極權主義的起源》。

完全拒絕傳承：伊安尼斯·桑納齊斯[54]

本文發表於一九八一年，二〇〇八年加上兩段間奏

1

時間是俄羅斯入侵捷克斯洛伐克兩、三年後。我愛上了瓦瑞斯[55]和桑納齊斯的音樂。

為什麼呢？我問自己。是因為趕前衛的時髦嗎？在我生命孤獨的這個時期，趕時髦應該是毫無意義的。那是因為內行人的興趣嗎？或許我勉勉強強可以說我理解巴哈某一首曲子的結構，但是面對桑納齊斯的音樂，我毫無用武之地，我完全不懂，完全外行，也就是說，我只是個一無所知的一般聽眾。然而，當我貪婪地聽著他的作品時，我感受到一股真誠的歡愉。我需要這些音樂，它們帶給我一種奇異的慰藉。

是的，我說的是慰藉。我在桑納齊斯的音樂裡找到一種慰藉。我在我的生命和

祖國最黑暗的時期學會愛上他的音樂。

可我為什麼要在桑納齊斯的音樂裡尋找慰藉，而不是在史麥塔納[56]的愛國音樂裡？或許我可以在他的音樂裡，為我剛被判處死刑的祖國找到永垂不朽的幻象。

災難降臨我的祖國（災難的後果將禍延百年），我們的幻想因而破滅，幻滅的範圍並不僅止於政治事件。這幻滅關係到人的原貌，關係到人及其殘酷，還有可恥的不在場證明（以此掩飾其殘酷），這也關係到總是以情感將野蠻行為正當化的人。我明白情感的波動（在私人生活和政治生活裡）和暴行並不矛盾，但是前者分不清它和後者有何不同，前者成了後者的一部分……

54. 伊安尼斯・桑納齊斯（Iannis Xenakis，一九二二—二〇〇一）：作曲家、建築師，原籍希臘，生於羅馬尼亞，後入籍法國。他對音樂組織的系統化與數學性的理解，以及他將音樂結構與建築所做的比照，構成他在音樂上的革命性觀念。對他來說，音樂就是建築，建築就是音樂。他曾師事科比意，一九五八年布魯塞爾萬國博覽會，他不僅與科比意協同建造菲立普館展出瓦瑞斯的作品，同時以兩分鐘的作品《具體的P-H》（Concret P-H）作為間奏。

55. 瓦瑞斯（Edgard Varèse，一八八三—一九六五）：作曲家，生於法國，後入籍美國。他放棄傳統的和聲與音調，發展新的組合方式與音樂語言，作品受未來主義影響，他認為只有科學可以帶給音樂新的表現方式。一九五八年的作品《電子音詩》（Poème électronique），將空間整合為音樂作品的構成要素，或許是以電子語彙寫成的第一部大師之作。

56. 史麥塔納（Smetana，一八二四—一八八四）：作曲家，生於波希米亞（當時屬奧匈帝國，今屬捷克），著名的管弦樂曲《我的祖國》是他的作品。

2

我在二〇〇八年加上這些文字：在我的舊作裡讀到關於「我剛被判處死刑的祖國」和「災難降臨我的祖國（災難的後果將禍延百年）」這些句子，我心裡自動升起一個念頭，想把它們刪掉，因為這些句子在此刻無論怎麼看都很荒謬。後來我克制住了，甚至因為我的記憶想要自我查禁而感到輕微的不快。這正是記憶的美麗與哀愁——記憶因為得以忠實保留往事連接的邏輯而感到自豪，至於我們以何種方式經歷這些往事，記憶並不認為自己和任何真相的義務有所關聯。記憶想要刪去這些小段落的時候，不會有絲毫說謊的罪惡感。就算它想說謊，不也是以真相之名嗎？因為事實不就是如此嗎？在這段時間當中，歷史已經將俄羅斯占領捷克斯洛伐克這件事，變成了世人早已遺忘的一段單純的小插曲。

當然是的。然而，我和我的朋友們經歷這段插曲的時候，曾經將它當成一場看不見希望的災難。倘若我們遺忘當時的心境，就完全無法理解這個年代的意義，也無法理解其後續影響。我們的絕望，並不是共黨政權。政權來來去去，可是文明的邊界會持續下去。我們被另一個文明以武力吞食。當時在俄羅斯帝國裡，多

少國家正在失去一些東西，甚至失去它們的語言和國族認同。我這才豁然明白了這個顯而易見的事實（這個顯而易見卻令人驚訝的事實）：捷克並非不朽的國族，它也有可能不存在。如果少了這個縈繞心頭的想法，我對桑納齊斯奇怪的迷戀是無法理解的。他的音樂讓我和無可避免的終局得以和解。

3

回到一九八〇年的文章：說到以情感將人的殘酷正當化，我想起榮格的一個想法。他在分析《尤利西斯》的時候，稱詹姆斯．喬伊斯為「非感性的先知」。他寫道：「我們都擁有某些支點，這說明了為何我們在情感上遭受的愚弄與欺騙真是不成比例。想一想戰爭時代人民情感所扮演的真實災難性角色……感性是暴行的一個上層結構。我認為我們都是囚犯……被囚禁在感性之中，因此，我們應該完全可以接受，在我們的文明裡會冒出一位補償性的非感性的先知。」

儘管是「非感性的先知」，詹姆斯．喬伊斯還是可以當小說家。我甚至認為，他可以在小說的歷史裡找到他「先知預言」的前輩。小說作為美學的範疇，並非必然要與人的情感概念有所連結。相反地，音樂就無法逃離這個概念。

一首史特拉汶斯基的曲子若要否認自身作為情感的表達，終歸枉然，因為單純的聽眾無法以其他方式理解。這是音樂的魔咒，是音樂愚蠢的一面。只要小提琴手演奏一段最緩板（largo）的前三個長音符，敏感的聽眾就會歎息道：「啊，多美啊！」在這前三個勾動情感的長音符裡，沒有任何東西，沒有任何發明，沒有任何創造，什麼都沒有——這是最可笑的一種「情感上遭受的愚弄與欺騙」。可是沒有人可以逃脫這種感受音樂的方式，也沒有人可以在音樂的刺激下，不發出這種荒謬的歎息。

歐洲音樂的基礎是人造的音（來自一個音符或一個音階），因此歐洲音樂和這個世界客觀性的聲響是對立的。從誕生伊始，歐洲音樂就連結在一種無法克制的慣例上，想要表達某種主觀性。歐洲音樂對立於外在世界原生的聲響，如同感性的靈魂對立於世界的非感性。

然而時候終於會到（在一個人的生命裡，或在一個文明的生命裡），溫情（此前都被視為某種讓人更有人性的一種力量，可以緩和人的理性的冰冷）轉瞬現出真面目，變成「暴行的上層結構」（始終表現在恨、在復仇中，在追求血腥勝利

MILAN KUNDERA

的激情裡）。當時我覺得音樂宛如震耳欲聾的情感噪音，桑納齊斯的曲子所形成的聲音世界變成一種美，洗盡情感髒污穢垢之後的美，沒有溫情野蠻行為的美。

4

我在二〇〇八年加上這些文字：純然因為巧合，在我想到桑納齊斯的這幾天，我看的是一位年輕奧地利作家湯瑪斯．格拉范尼克（Thomas Glavanic）的書：《夜的工作》（Die Arbeit der Nacht）。三十歲的男人約拿斯一早醒來，發現他所在的世界是空的，沒有人。公寓、街道、商店、咖啡館，什麼都在，都沒改變，一如從前，昨天還住在這裡的人，他們所有的痕跡都在，只是人已經不見了。小說講的是約拿斯遊蕩的故事，他橫越這個被遺棄的世界，步行，然後上車，換車，既然所有的車都在那兒，沒有主人，他當然可以隨心所欲。幾個月的時間裡，在他自殺之前，他就這樣走遍世界絕望地尋找他生命的痕跡，尋找自己的回憶甚至別人的回憶。他望著那些房屋、城堡、森林，想著曾經看過這些景物而如今已不存在的無數世代；他明白了，自己所見的一切無非就是遺忘，而絕對的遺忘從他不再存在的那一刻起，終將告成。而我，也再一次想起，這個令人驚訝的事實（這個顯而易見卻令人驚訝的事實）：一切存在的東西（國家、思想、音樂）也都有可能不存在。

5

回到一九八〇年的文章：儘管喬伊斯是「非感性的先知」，他仍舊可以是小說家；相反地，桑納齊斯卻得走出音樂。他的創新特質不同於德布西或荀白克。這兩位作曲家從來不曾失去他們與音樂歷史的連結，他們永遠可以「走回頭路」（他們也常常走回去）。對桑納齊斯來說，橋都斷了。梅湘[57]說過這樣的話：桑納齊斯的音樂「並不是徹底新的東西，而是徹底不一樣的東西」。桑納齊斯不是對立於某一個音樂的前期。他是從整個歐洲的音樂，從整個歐洲音樂的傳承轉身離去。他把他的起點放置在別處，不是在由一個音符構成、為了表達某種人的主觀性而與自然分離的人造聲音（son）之中，而是在世界的噪音（bruit）裡，不是從心的內裡湧出，而是從外面傳到我們身上的「一群聲響」，宛如雨的腳步，宛如工

廠般嘈雜，宛如一群人的叫聲。

他關於聲音與噪音的實驗超越了音符與音階，這些實驗能否在音樂的歷史上創立一個新的時期？這些實驗是否將常駐於樂迷的回憶？沒有比這更確定的事了。留下來的，將是徹底拒絕的手勢，因為這是第一次有人膽敢對歐洲音樂說出放棄它、遺忘它的可能性。（這是偶然嗎？桑納齊斯年輕的時候曾經以任何作曲家都無緣經歷的方式見識了人性，他在內戰之中經歷了大屠殺，被判處死刑，他俊美的臉上留著一道永遠的傷口……）我想到的是必然性，我想到這個必然性的深層意義，它引領桑納齊斯決心以世界的客觀性聲響對抗一個靈魂的主觀性發出的聲音。

57. 梅湘（Olivier Messiaen，一九〇八—一九九二）：法國作曲家，一九四二年起任教於巴黎音樂學院，皮耶·布列茲、伊安尼斯·桑納齊斯都是他的門生。

V

美麗宛如一次多重的相遇

傳奇的相遇

西元一九四一年，安德列・布賀東[58]在移居美國的途中，在馬提尼克[59]稍作停留，他被支持維琪政權[60]的當地政府拘禁了幾天，後來又被釋放。他在法蘭西堡閒晃時，在一家針線行看到一本當地的小期刊《熱帶》（Tropiques）。他讚歎不已，在他生命的這個凶險時刻，這本期刊彷彿詩歌與勇氣的光，照拂在他身上。很快地，他認識了編輯群，那是以埃梅・塞杰爾[61]為中心的幾個二、三十歲的年輕人，布賀東整天都跟這群人待在一起。對布賀東來說，這是愉悅，是鼓舞。對馬提尼克人來說，這是美學的啟發與難以忘懷的魅力。

幾年以後，布賀東於一九四五年踏上歸返法國之途，他在海地的太子港短暫停留，進行了一場講座。島上所有的知識分子都來了，其中包括非常年輕的作家阿萊克西斯（Jacques Stephen Alexis）、荷內・德佩斯特（René Depestre）。他們聽著布賀東說話，他們和幾年前的馬提尼克人一樣著迷。他們的期刊《蜂群》（La Ruche）（又是一本期刊！是的，那是期刊的盛世，這樣的年代已經一去不復返了），為布賀東做了一期特刊；這期特刊被查扣，《蜂群》也被禁了。

MILAN KUNDERA

對海地人來說，這次相遇短暫而難忘。我用的字眼是相遇，不是交往，不是友誼，也稱不上結盟。相遇，意思就是：石火，電光，偶然。阿萊克西斯那時二十三歲，德佩斯特十九歲，他們所知的超現實主義只是非常表面的，譬如他們對於超現實主義的政治境況（運動內部的分裂）就一無所知，他們在心智方面既飢渴又單純如白紙，布賀東反叛的姿態加上他的美學所宣揚的想像自由吸引了他們。

阿萊克西斯和德佩斯特於一九四六年創立了海地共產黨，他們寫的都是革命導向的作品。這種當時全世界都在寫的文學，受到俄羅斯及其「社會主義寫實主義」的強迫影響。然而，對海地人來說，最偉大的大師不是高爾基，而是布

58. 安德列．布賀東（André Breton，一八九六—一九六六）：法國作家，超現實主義運動的領導人、理論家，著有《娜嘉》等書。
59. 馬提尼克（Martinique）：位於加勒比海，原為法國殖民地，一九四六年起為法國的海外省，法蘭西堡（Fort-de-France）為其首府。
60. 維琪政權：二戰期間，以貝當為首的法國政府向德國投降，一九四〇年七月，政府所在地遷至法國中部的維琪（Vichy），故稱「維琪政權」。
61. 埃梅．塞杰爾（Aimé Césaire，一九一三—二〇〇八）：馬提尼克詩人，堅決的反殖民主義者，一九四五年任法蘭西堡市長至二〇〇一年。

賀東。他們不談社會主義寫實主義，他們念茲在茲的，是「神奇事物」的文學（littérature "du merveilleux"）——或者「神奇的現實事物」（"réel merveilleux"）。過沒多久，阿萊克西斯和德佩斯特被迫移居國外。後來，阿萊克西斯在一九六一年回到海地，試圖繼續戰鬥。他被逮捕，遭受酷刑，處死。他那年三十九歲。

MILAN
KUNDERA

美麗宛如一次多重的相遇

塞杰爾，他是偉大的創始者：馬提尼克的政治創始者：在他之前，馬提尼克沒有政治。他同時也是馬提尼克文學的創始者，他的《返鄉筆記》（Cahier d'un retour au pays natal）（這是完全原創的詩，我無法以任何事物比擬，「當代最偉大的不朽之作」，布賀東如是說）是馬提尼克的基石（對整個安的列斯群島來說，肯定也是），就像密茨凱維奇（Mickiewicz，一七九八－一八五五）的作品之於波蘭，或是裴多菲（Petőfi，一八二三－一八四九）的詩之於匈牙利。換句話說，塞杰爾是雙重的創始者，兩個基石（政治的與文學的）在他這個人身上相遇。可是和密茨凱維奇或裴多菲不同的是，他不只是創始的詩人，他同時也是現代詩人，他是韓波和布賀東的傳承者。兩個不同的時代（肇始之初和全盛時期）在他的詩作裡神奇地相互擁抱。

《熱帶》一共九期，編輯的年代介於一九四一年和一九四五年間，不斷在處理三個重要主題，這三個主題肩並肩，看起來也像是從來不曾在世界上任何前衛期刊出現過的一次獨特相遇：

（一）馬提尼克的解放，文化的與政治的：關注歐洲文化，尤其是黑色非洲的文化；回顧奴隸制的過去；踏出「黑人性」（négritude）思想的第一步；（「黑人性」是塞杰爾提出的挑戰性說法，來自「négre」這個字眼蔑視的意涵）；馬提尼克文化與政治處境的概況；反對教權主義與反對維琪政權的爭論。

（二）現代詩與現代藝術的宣教：頌讚現代詩的英雄韓波、洛特雷阿蒙、馬拉美、布賀東。從第三期開始，完全是超現實主義的導向（容我強調一點，這些年輕人儘管非常政治化，也沒有為政治而犧牲詩歌。對他們來說，超現實主義首先是一種藝術的運動）；認同超現實主義青春洋溢的激情：「神奇的事物永遠美麗，任何神奇的事物都是美麗的，甚至只有神奇的事物才是美麗的。」布賀東這麼說，而「神奇的事物」就成了他們的通關密語。布賀東這些句子的句型（「美麗將是抽搐的，不然就不會是美麗」）經常被仿效，洛特雷阿蒙「美麗宛如一臺縫紉機和一把雨傘在解剖檯上不期而遇……」這句話的句型也是。塞杰爾則說：「洛特雷阿蒙的詩，美麗宛如徵用財產的法令。」（布賀東也說過：「埃梅・塞杰爾的話語，美麗宛如初生的氧氣。」）諸如此類。

（三）建立馬提尼克的愛國主義：渴望擁抱島嶼猶如自己的家，猶如必須徹

底認識的祖國，一篇是關於馬提尼克各種動物的長文，另一篇是關於馬提尼克的植物，關於其命名的起源。還有民間藝術，出版、評論克里奧爾[62]的故事。

關於民間藝術，我補充一下。在歐洲，發現民間藝術的是浪漫派的布倫塔諾（Clemens Brentano）、阿爾尼姆（Arnim）、格林兄弟（Die Brüder Grimm），還有李斯特（Liszt）、蕭邦、布拉姆斯、德弗札克（Dvorak），人們認為民間藝術對現代主義者已經沒有吸引力了。這是錯的。不只是巴爾托克（Bartok）和楊納切克（Janacek），還有拉威爾（Ravel）、米堯（Milhaud）、法雅（Falla）、史特拉汶斯基，他們都喜歡大眾音樂，也在其中發現一些被遺忘的音調、不知名的節奏、某種粗魯、某種直接，這些都是演奏廳的音樂失去已久的。不同於浪漫派的是，民間藝術肯定了現代主義者不從眾隨俗的美學。馬提尼克藝術家的態度也是一樣的，民間故事天馬行空的一面，對他們來說，和超現實主義者宣揚的想像自由是混在一起的。

62. 克里奧爾（créole）：這個詞的指稱對象多重，在今日的安的列斯群島，克里奧爾指的是所有屬於加勒比海文化「在地誕生」的，有別於直接來自歐洲或本地原生的。在安的列斯誕生的人即為克里奧爾人，在安的列斯誕生的語言即為克里奧爾語。

一把永遠勃起的雨傘和一臺制服縫紉機的相遇

德佩斯特。我讀了一九八一年那本短篇小說集，症候式的書名《花園女人之歌》（Alleluia pour une femme-jardin）。德佩斯特的情色：所有的女人都洋溢著性，連路標都興奮得轉過來看著她們。男人們則是滿腦子淫慾，隨時都可以做愛，無論在科學研討會、在外科手術房、在太空火箭，還是在馬戲團的高空吊桿上。一切都是為了純然的歡愉，這裡頭沒有心理、道德、存在的問題，人們活在一個敗德與純真都是同一回事的世界裡。通常，這種抒情詩式的陶醉會讓我覺得無趣；如果有人在我讀過之前就跟我談了這些書，我是不會打開它們的。

幸好，還不知道要讀的內容是什麼我就讀了，而一個讀者能遇到的最棒的事情也發生在我身上了，我愛上——因為信念（或者因為天性）——我原本不會喜歡的東西。任何人，只要比德佩斯特才華稍遜，若想表達同樣的東西，可能只會寫出類似的可笑作品，然而德佩斯特是個真正的詩人，或者以安的列斯的方式來說，他是個真正的神奇事物的大師。他成功地將此前不曾有人寫下的東西，登錄在人的存在地圖上——快樂而天真的情色、自由放縱如在天堂的性慾幾乎無法

MILAN KUNDERA

到達的極限。

後來我讀他的另一本短篇小說集，書名是《中國火車上的愛神》（Eros dans un train chinois），我特別留意到幾個發生在共產國家的故事，這些國家在當時對這位被祖國驅逐的革命分子敞開雙臂。今天我帶著驚訝與溫柔想像著，這位海地詩人的腦子裡裝滿瘋狂的情色幻想，在最暴虐的年代橫越史達林主義的荒漠——當時盛行的是令人難以置信的清教主義，當時一絲一毫的情色自由都得付出昂貴的代價。

德佩斯特與共產主義的世界：永遠勃起的雨傘與制服及裹屍布縫紉機的相遇。他說著他的愛情故事：和一個中國女人，這女人因為一夜情而被流放新疆的痲瘋病院九年；和一個南斯拉夫女人，這女人差點被理光頭，因為在那個年代，所有和外國人通姦的南斯拉夫女人都會遭受這種懲罰。今天我讀著這幾篇小說，突然覺得，我們這個世紀似乎不太像真的，它彷彿只是一個黑色詩人的黑色狂想曲。

夜間世界

「加勒比海地區的農場奴隸都認識兩個不同的世界。一個是白天的世界，那是白人的世界。一個是黑夜的世界，那是非洲人的世界，有非洲的魔法、精靈，還有真正的神祇。在非洲人的世界裡，有些衣衫襤褸、白天受欺壓的男人變身為國王、巫師、療癒師，在他們和同伴們的眼裡，他們是可以和這片土地真正的力量溝通的生命，他們擁有絕對的權力。……對外界的人，對奴隸主來說，黑夜的非洲世界可能就像一個充滿偽裝的世界，一個幼稚的世界，一場嘉年華會。可是對非洲人來說……唯一的真實世界就在這裡；這個世界把白人變成鬼魂，把農場的生活變成單純的顛倒夢想。」

讀完奈波爾[63]的這幾行文字（他也是出身安的列斯群島的作家），我這才明白，恩內斯特・布賀勒[64]的畫都是黑夜的畫。夜是這些畫唯一的背景，只有它能讓人看見「真的世界」佇立在騙人的白晝的另一邊。我也明白，這些畫只能誕生於此地，誕生於安的列斯，在這裡，奴隸制度的過去始終痛苦地嵌刻在過去人們所說的集體無意識裡。

MILAN KUNDERA

雖然他畫作的第一個時期刻意扎根於非洲文化，雖然我在其中可以認出一些取自非洲民間藝術的圖案，可是他後來的幾個時期卻越來越有個人風格，不受任何既成綱領的約束。而悖謬之處就在這裡，正是在這幅個人風格強烈無比的畫作中，明顯清晰地呈現出一個馬提尼克人的黑人認同。這幅畫，首先，是夜間王國的世界；其次，在這個世界裡，一切都轉變為神話（一切，每個熟悉的微小事物，包括我們在許多畫作中都看到的這隻恩內斯特的小狗，也變成了神話動物）；第三，這是殘酷的世界，彷彿奴隸制度無法抹滅的過去又回來了，化作對於身體的迷戀——痛苦的身體、被折磨和可以折磨的身體、可以傷害和受傷害的身體。

63. 奈波爾（Naipaul，一九三二—二〇一八）：英國作家，祖籍印度，出生於千里達，二〇〇一年諾貝爾文學獎得主。
64. 恩內斯特・布賀勒（Ernest Breleur，一九四五—）：馬提尼克畫家，習以畫作向身體提問，他曾說他的作品見證著「看，就是思考」，他試圖「在不確定的事物中挖掘種種浮現的可能性」。

殘酷與美

我們談的是殘酷，我聽到布賀勒以冷靜的聲音說：「無論如何，在繪畫裡，最重要的還是美。」依我的理解，這句話的意思是，藝術應該永遠避免引發美感之外的情緒：興奮、恐怖、噁心、衝擊。一個撒尿的裸女照片或許會讓人勃起，可是我不認為有人看畢卡索〈撒尿的女人〉（La pisseuse）的時候會有這樣的反應，儘管這是一幅超級情色的畫。看到大屠殺的電影，我們會不忍直視，然而面對畢卡索的〈格爾尼卡〉，這幅述說相同的恐怖的畫，目光卻得到娛樂。

無頭的身體，懸在空中，這是布賀勒最新的幾幅畫；後來我看了這些畫的日期，隨著這個時期的創作繼續推進，身體被遺棄在空無之中的主題也漸漸淡去了原初的心理創傷，殘缺不全的身體被拋在空無之中，受苦的程度越來越輕，一幅幅看下去，這身體看似迷失在群星之間的天使，也像是遠方捎來魔法般的邀請，像肉體的誘惑，像充滿玩興的特技。原初的主題經歷了數不清的變數，從殘酷的領域過渡到神奇事物（容我再次使用這個通關密語）的領域。

和我們一起在畫室裡的，還有我的妻子薇拉和馬提尼克哲學家亞歷山大・阿

MILAN KUNDERA

拉希克（Alexandre Alaric）。飯前，我們依例喝了潘趣酒。然後，恩內斯特準備了午餐。桌上擺了六套餐具。為什麼是六套？最後一分鐘，委內瑞拉畫家伊斯瑪葉．孟達瑞（Ismaël Mundaray）來了，我們開始用餐。奇怪的是，第六套餐具直到午餐結束都沒有動過。過了很久，恩內斯特的妻子下班回來了，她很美麗，而且一看就知道，她是被愛的。我們搭亞歷山大的車離開，恩內斯特和他的妻子站在屋前目送我們離去，我感覺到的是一對惶惶不安卻緊密相連的伴侶，身邊圍繞著一種無可言喻的孤寂。「您明白第六套餐具的奧秘了吧，」當我們消失在他們的視界之外，亞歷山大說：「這套餐具給了恩內斯特一個假象，彷彿他的妻子和我們在一起。」

自己的家與世界

「我說，我們窒悶難耐。健全的安的列斯政治原則：打開所有的窗。給我們一些空氣。一些空氣。」一九四四年，塞杰爾寫在《熱帶》上的話。

往哪個方向開窗？

首先朝向法國，塞杰爾說。因為法國是大革命，是終結奴隸制度的舍爾薛（Schoelcher），也是韓波、洛特雷阿蒙、布賀東，是配得上最偉大的愛的一種文學、一種文化。然後，朝向非洲，朝向被截肢、被沒收的過去，這些過去埋藏著馬提尼克人隱匿在深處的人格本質。

後來的世代對這種塞杰爾式的法蘭西—非洲導向經常有異議，他們堅持馬提尼克的美洲性（américanité），堅持「克里奧爾性」（créolité）（包括所有膚色的總和以及一個特別的語言），堅持馬提尼克和安的列斯群島以及整個拉丁美洲的關係。

因為每個追尋自我的民族都會自問，他自己的家該跨上哪一道階梯走向世界？在國族背景與世界背景之間，我稱之為中間背景的地方在哪裡？對智利人來說，

MILAN KUNDERA

是拉丁美洲，對瑞典人來說，是斯堪地納維亞半島。這都是顯而易見的事。可是對奧地利來說呢？這道階梯在哪裡？在日耳曼世界？還是在眾國林立的中歐世界？它的一切存在意義都要依此問題的答案而定。一九一八年之後，接著更徹底的，是在一九四五年之後，奧地利脫離了中歐的背景，退而自守，或退入自身的日耳曼性（germanité）之中，不再是佛洛伊德或馬勒的這個光輝耀眼的奧地利，而是另一個奧地利，只有相當有限的文化影響力。希臘也面臨相同的窘境，這個國家同時處於歐洲—東方的世界（拜占庭傳統、東正教教會、對俄羅斯的偏愛）和歐洲—西方的世界（希臘—拉丁傳統，與文藝復興、現代性緊密相連）。在某些激情的論戰裡，奧地利人或希臘人或許會為了某種文化而否認另一種文化，然而只要退一步，他們會說：有些國族的認同由於中間背景的複雜性，因而具有雙重性的特質，而它們的特殊性就在這裡。

關於馬提尼克，我也會說同樣的話：正因為不同的中間背景的並存，才創造了這個文化的特殊性。馬提尼克：多重的交會；數個大陸的會合點；法國、非洲、美洲相遇的彈丸之地。

是的，很美。非常美，只是法國、非洲、美洲才不在乎這個。在今日的世界，人們幾乎聽不到小地方的聲音。

馬提尼克：巨大的文化複雜性與巨大的孤寂的相遇。

語言

馬提尼克是雙語的。有克里奧爾語（誕生於奴隸時代的日常語言），有學校教的法語（和瓜地洛普、蓋亞那、海地一樣），知識分子們以近乎報復的方式將法語掌握得純熟無比。（塞杰爾「使用法文的方式，緣自他今日並非白人卻要使用法文」，布賀東如是說。）

有人在一九七八年問塞杰爾，為什麼《熱帶》不是用克里奧爾語寫的，他答道：「這是一個沒有意義的問題，因為這樣的一本期刊並不是以克里奧爾語構思的。……我們要說的事，甚至不知道能不能用克里奧爾語說出來。……克里奧爾語無法表達抽象的想法，……它完全是一種口語。」

儘管如此，要用一個無法全面涵蓋日常生活現實的語言寫一部馬提尼克的小說，還是不容易的工作。於是作者必須選擇解決的辦法：克里奧爾語小說；法文小說；法文小說，加上克里奧爾語，在頁尾附上解釋；還有，就是夏模梭[65]的解決

65. 夏模梭（Patrick Chamoiseau，一九五三—）：馬提尼克作家，一九九二年龔固爾文學獎得主。

方式。

他使用法文的自由，在法國沒有任何作家膽敢嘗試，甚至無法想像。這是一個巴西作家使用葡萄牙文的自由，是一個西班牙裔美洲作家使用西班牙文的自由。是的，也可以說是一個雙語人拒絕接受任一語言的絕對權威，而且還找到違逆的勇氣。夏模梭並未混合法文和克里奧爾語，作為妥協之道。他的語言，是法文，是改造之後的法文，不是克里奧爾化的法文（沒有任何馬提尼克人是這麼說話的），而是夏模梭化的法文——他賦予法文口語充滿魅力的無憂無慮、口語的節拍、口語的旋律；他給法文帶來許多克里奧爾的慣用語，不是基於「自然主義」的理由（為了引入「地方性的色彩」），而是為了美學的理由（因為這些慣用語的詼諧、魅力，或者它們無可替代的語義）；特別是他賦予他的法文非習用、無拘束、「不可能」的句構自由，造新字的自由（在法文這種非常具有規範性的語言裡，這種自由所扮演的角色比起其他語言少得多）：他優游自在地把形容詞轉變為名詞，把動詞轉變為形容詞，把形容詞轉變為副詞，把動詞轉變為名詞，把名詞轉變為動詞，諸如此類。而這些違反慣例的做法並不會簡化法文豐富的詞彙或文法（法文多的是書本上的字句或古詞，也還有虛擬式未完成過去時態）。

MILAN KUNDERA

跨越數世紀的相遇

乍看之下，《了不起的索利玻》（Solibo Magnifique）可能像是一部充滿地方色彩的異國情調小說，以一個別處無法想像的民間說書人的角色為中心。錯了，夏模梭的這部小說處理的是文化史最重大的事件之一：走向終結的口述文學與初生乍現的書寫文學的相遇。在歐洲，這樣的相遇發生在薄伽丘的《十日談》。如果沒有說書人在聚會中娛樂眾人（在當時，這依然是流行的做法），歐洲散文的第一部偉大作品就不可能存在。後來，直到十八世紀末，從拉伯雷到勞倫斯・斯坦恩[66]，說書人的聲音在小說中不斷迴盪。小說家一邊寫，一邊對讀者說話，對象是他，辱罵他，討好他；換讀者上場的時候，他一邊讀，一邊聆聽小說的作者。一切都在十九世紀初發生了變化，我稱之為小說歷史的「第二時期」＊開始了：作者的話語消失在書寫的後頭。

66. 勞倫斯・斯坦恩（Laurence Sterne，一七一三—一七六八）：英國作家，《崔斯川・山迪》（Tristram Shandy），或譯《項狄傳》）等書作者。

「埃克托爾・比安西奧蒂[67]，這話語是獻給您的」，《了不起的索利玻》扉頁上的題獻這麼寫著。夏模梭堅持：話語，而非書寫。他自認是說書人的直接傳承者，他自稱是「話語的記錄者」而非作家。在跨越國族的文化歷史地圖上，他意欲佇立之處，是高聲的話語越過驛站，轉入書寫文學之處。在他的小說裡，「索利玻」這位想像出來的說書人對他說了這段話：「我說話，可是你呢，你以寫作宣告你來自話語。」夏模梭是來自話語的作家。

然而，就如同塞杰爾並非密茨凱維奇，夏模梭也不是薄伽丘。他是個講究一切細緻之處的現代小說作家，他也是以這樣的作家身分（作為喬伊斯或布羅赫的孫輩）把手伸向索利玻，伸向文學的口述史前史。所以，《了不起的索利玻》是一次跨越數世紀的相遇。「你越過遙遠的距離把手遞給我，」索利玻對夏模梭這麼說。

《了不起的索利玻》的故事是，在法蘭西堡的一個名為「薩凡」的廣場上，索利玻對著偶然湊在一起的一小群人說話（夏模梭也在人群當中）。話說到一半，他死了。老黑人剛果知道，他被話語「斬」了。這種解釋實在很難讓警方信服，他們立刻掌握這個意外事件，全力查訪兇手。一些如惡夢般殘酷的審問隨之展

開，在審問期間，死去的說書人這個角色呈現在我們眼前，在嚴刑拷打之下，其中兩個嫌疑犯死了。最後，屍體解剖排除了一切他殺的可能性，索利玻的死因不明；或許，真的，他是被話語「斬」了。

在這本書的最後幾頁，作者公開了索利玻說的話，就是他說到一半就突然死去的那段話。這段想像的話，是一首真正的詩歌，是進入口述性（oralité）美學的開端：索利玻說的並不是一則故事，他說的是一些話語、一些奇想、一些諧音的文字遊戲、一些笑話，都是隨興所至的東西，都是自動話語（parole automatique）（就像也有「自動書寫」一樣）。而既然和話語有關，當然也就和「先於書寫的語言」有關，書寫的規則無法在此施展它的權力，所以，沒有標點，索利玻的話就像沒有句點、沒有逗點、沒有段落的一條河，宛如布賀東的詩句，宛如《尤利西斯》的最後一章，摩莉的長篇獨白。（這又是一個可以證明民間藝術與現代藝術在歷史的某個時刻有可能把手遞給對方的例子。）

67. 埃克托爾・比安西奧蒂（Hector Bianciotti，一九三〇—二〇一二）：阿根廷作家，一九八二年起只以法文寫作，一九九六年獲選為法蘭西學院院士。

＊「第一時期」和「第二時期」。我在《被背叛的遺囑》的第三部〈即興創作，向史特拉汶斯基致敬〉談到這個小說（和音樂）歷史的分期（純屬個人的看法）。很簡單地說：在我看來，小說歷史第一時期的結束和十八世紀的結束是不可分的。十九世紀開展了另一種小說美學，非常遵從仿真的法則。如果大家可以接受這種歷史分期（純粹是我的分期），那麼，擺脫了「第二時期」教條的小說現代主義，或可稱為「第三時期」……

MILAN KUNDERA

拉伯雷、卡夫卡、夏模梭作品的反仿真

夏模梭作品裡我最喜歡的部分，就是他擺盪在仿真與反仿真之間的想像，我自問，這種想像來自何處？它的源頭在哪裡？

是超現實主義嗎？超現實主義的想像都在詩和繪畫裡。可是夏模梭是小說家，他什麼也不是，就是個小說家。

是卡夫卡嗎？是的，他為小說的藝術取得反仿真的合法性。可是夏模梭作品裡的想像特質實在很不像卡夫卡。

「各位先生，各位女士……」夏模梭如此展開他的第一部小說《七則悲慘記事》。「噢，朋友們，」他在《了不起的索利玻》裡對讀者們重複了好幾次。這讓人想起拉伯雷以頓呼（apostrophe）作為《巨人傳—卡岡都亞》的開場：「各位大名鼎鼎的酒友，還有你們，各位尊貴的麻子臉……」像這樣在每個句子裡注入他的機智、幽默、賣弄，並且高聲對讀者說話的作者，可以輕易地誇大、矇騙，從真的事情過渡到不可能的事，因為這就是小說家和讀者之間的契約，訂立於小說歷史的「第一時期」，那時說書人的聲音還沒完全消失在印刷文字之後。

至於卡夫卡，則是在小說歷史的另一個時代。反仿真在他的作品裡是由描述撐起來的，描述是完全無人稱的，而且極其引人入勝，讀者不由得被引入一個想像的世界，宛如一場電影——儘管沒有任何東西和我們的經驗相似，描述的權力卻讓一切變得可信。在這樣的美學裡，說故事的人說話、說笑、評論、賣弄的聲音會打破幻象，會毀滅魔法。我們無法想像卡夫卡在《城堡》的開頭興高采烈地對讀者們說：「各位先生，各位女士……」

相反地，在拉伯雷的作品裡，反仿真只是源自說書人的無拘無束。巴汝奇勾引一位女士，可是被她拒絕。為了報復，他把一隻發情母狗的性器碎片撒在她的衣服上。城裡所有的狗都奔向她，追著她跑，在她的裙子上、腿上、背上撒尿，後來，回到家，這些狗在家門口又撒了一大堆尿，街上的尿流成一條小溪，上頭還有鴨子在游泳。

索利玻的屍體躺在地上，警察想把它移到停屍間，可是沒有人抬得起來。「索利玻把自己變成了一噸重，有些對生命仍有眷戀的黑人屍體就是這樣。」有人去叫了更多人來，索利玻變成兩噸重、五噸重。有人弄來一輛吊車，吊車一到，索利玻就失去了重量。下士班長把屍體舉起來了，用的是「小指頭。最後，他開始

MILAN KUNDERA

慢慢把玩這具屍體，演出一場讓所有人目眩神迷的死神之舞。他輕鬆地扭動手腕，把屍體從小指傳到拇指，再從拇指傳到食指，從食指到中指……」

嗅，各位先生，各位女士，嗅，各位大名鼎鼎的酒友，嗅，各位尊貴的痲子臉，讀夏模梭的時候，你們和拉伯雷的距離近過卡夫卡。

孤獨宛如月亮

在布賀勒的所有畫作上，新月掛在地平線上，尖尖的兩頭向上，宛如一艘漂浮在夜浪上的輕舟。這並非畫家的幻想，月亮在馬提尼克確實如此。在歐洲，新月是站著的，是好戰的，像一隻兇猛的小動物坐在那裡，準備撲上來，或者您喜歡的話，也可以像是一把鋒利無比的鐮刀。月亮在歐洲，是戰爭的月亮。在馬提尼克，月亮是和平的。或許，這就是為什麼恩內斯特會賦予月亮一種熱性的金黃色，在他神話般的畫作裡，月亮代表一種無法企及的幸福。

奇怪的是，我和幾個馬提尼克人聊過這件事，我發現這些人都不知道月亮在天空中的具體樣貌。我問了歐洲人，你們記不記得歐洲的月亮？它來的時候是什麼形狀？離開的時候又是什麼樣子？他們不知道。人已經不看天空了。

被人拋棄之後，月亮沉入布賀勒的畫作上。可是，在天空中不再看見月亮的那些人，在畫作上也看不見月亮。你是孤獨的，恩內斯特。孤獨宛如汪洋中的馬提尼克。孤獨宛如德佩斯特的淫慾在共產主義的修道院裡。孤獨宛如梵谷的畫作在觀光客低能的目光中。孤獨宛如月亮，無人望見。

（一九九一）

VI／他方

解放的流亡，薇拉．林哈托瓦[68]的說法

薇拉．林哈托瓦是一九六〇年代捷克斯洛伐克最受尊崇的作家之一，這位女詩人寫著玄思冥想無法歸類的散文，她在一九六八年離開故鄉，前往巴黎，後來她開始以法文寫作並且出版這些作品。這位生性孤獨著稱的作家，於一九九〇年代初期做出令所有朋友驚訝的決定，她接受了布拉格法國協會邀請，在一場以流亡為主題的研討會上宣讀了一篇報告。關於這個主題，這是我讀過最不流俗、最清明的文章。

二十世紀下半葉的歷史讓世人對於被祖國放逐的流亡者的命運極其敏感。如此充滿同情的敏感給流亡的問題罩上了催人熱淚的道學濃霧，也遮蔽了流亡生活的具體特質，而依照薇拉．林哈托瓦的說法，流亡生活經常可以將流刑變成一次解放的開始，「走向他方，走向就定義而言陌生的他方，走向對一切可能性開放的他方」。確實如此，她說得非常有道理！若非如此，我們如何理解如此令人不快的事實——共產主義終結後，幾乎沒有任何一位移居國外的偉大藝術家迫不及待地

返國？共產主義的終結竟然沒有激勵他們返鄉慶祝偉大的回歸？而且，在公眾的失望之下，就算回歸並非他們所欲，難道這不該是他們的道德義務嗎？薇拉．林哈托瓦說：「作家首先是一個自由人，他有義務不讓任何限制破壞自身的獨立，這樣的義務高過其他任何考量。我此刻說的不是一個濫權的政府試圖強加在人們身上的那些荒謬限制，而是以人們對於國家的責任感為後盾的一些約束——正因為這些約束是出自善意的，我們反而更難將之擊退。」事實上，人們反芻著人權的刻板印象，同時也持續地將個人視為國家的財產。

她的反省更深遠：「所以我選擇我想要生活的地方，我也選擇了我想要說話的語言。」有人會反駁她：作家，儘管是自由人，難道他不是他的語言的捍衛者？難道作家的任務的意義不正是如此？薇拉．林哈托瓦說：「經常有人聲稱（儘管不是每個人都這麼說），作家的行動並不自由，因為他和他的語言之間還

68. 薇拉．林哈托瓦（Vera Linhartova，一九三八—）：捷克作家，一九六八年移居法國後，作品均於西方國家出版，後於巴黎大學民族所研習日本學，並赴日本東京大學撰寫博士論文，其間兼學中文並曾赴中國訪問。小說經常帶有神秘主義色彩，另有多部藝術評論著作。

是有牢不可破的緊密關係。我想，這只是給一些過度謹慎的人作為藉口的神話之一……」因為「作家並非單一語言的囚徒」。多麼解放的名言。只是生命的短暫，使得作家無法從這自由的邀約得出一切結論。

薇拉·林哈托瓦說：「我認同的對象是游牧民族，我感覺不到靈魂可以定居於一地。所以我也有權利說，我自己的流亡是要滿足我長久以來最珍貴的願望：在他方生活。」薇拉·林哈托瓦以法文寫作的時候，她還是捷克作家嗎？不是。她成了法國作家嗎？也不是。她在他方。他方，一如從前的蕭邦，他方，一如後來，每個人都有自己的方式，納博科夫[69]、貝克特、史特拉汶斯基、貢布羅維奇。當然，每個人經歷流亡的方式都是無法模仿的，而薇拉·林哈托瓦的經驗也是一個極限的例子。儘管如此，在她這篇通透清明的文字之後，人們再也不能像從前那樣談論流亡了。

MILAN KUNDERA

異鄉人不容侵犯的孤寂——奧斯卡・米沃什[70]

1

第一次看到奧斯卡・米沃什的名字，是在他的〈十一月交響曲〉的標題上方，這首詩翻譯成捷克文，於戰後幾個月刊登在一本前衛期刊上，當時我十七歲，是這本期刊的長期讀者。直到約莫三十年後，在法國第一次打開米沃什的法文原文詩集時，我才發現，當初這首詩有多麼令我著迷。我很快就翻到了〈十一月交響曲〉，一邊讀著的時候，我在記憶裡聽見這整首詩的捷克文翻譯（很棒的翻譯），我隻字未忘。在這個捷克文的版本裡，米沃什的詩比起當時我囫圇吞

69. 納博科夫（Vladimir Nabokov，一八九九－一九七七）：出生於俄羅斯，一九一七年二月革命後舉家逃亡國外，從此一生遷徙，英國、德國、法國、美國，卒於瑞士，著有《幽冥的火》、《說吧，記憶》、《蘿莉塔》等書。

70. 奧斯卡・米沃什（Oscar Milosz，一八七七－一九三九）：生於過去的立陶宛，今日的白俄羅斯，父親為波蘭貴族。十一歲來到法國，一八九九年首度發表詩作，從此以法文發表無數詩歌、小說、劇作、政治評論及翻譯作品。

嘛的其他詩作（像是阿波里奈爾或是韓波或是奈茲瓦爾〔Nezval〕或是德斯諾斯〔Desnos〕），在我心裡留下更深刻的痕跡。毫無疑問，這些詩人之所以令我讚歎，不只是因為他們詩句的美麗，也因為圍繞著他們神聖名字的神話，這些神聖的名字是我的通關密語，讓我可以在朋輩之間、在新派的人們、在小圈子裡得到認可。但是米沃什沒有任何神話圍繞，他全然陌生的名字對我來說沒有任何意義，對我周圍的每一個人也沒有任何意義。就他而言，魅惑我的並非一則神話，而是一種從美的本身獨自散發的美，赤裸裸的，沒有任何來自外部的支持。容我說句實在話：這種事很少發生。

2

可是為什麼就是這首詩？我想，最重要的原因，是我發現了從未在其他地方遇到的某種東西，我發現了某種鄉愁形式的原型，它的表現方式，並非文法上的過去式，而是未來式。**文法未來式的鄉愁**。文法的形式將哀怨流淚的過去投射在遙遠的未來之中，將已經不在的憂傷回憶轉化成一個無法實現的承諾所帶來的令人心碎的悲傷。

你將穿上淡紫的衣裳，美麗的哀愁！
你的帽子將插上悲傷的小花

3

我還記得在法蘭西喜劇院演出的拉辛[71]的一齣戲。為了讓臺詞自然，演員們讀出臺詞的時候，彷彿劇本是以散文寫的；他們有系統地刪去每個詩句最後的停頓；觀眾不可能辨認出十二音節詩的節奏，也聽不到詩句的韻。或許他們認為，這樣的演出符合現代詩的精神——早已放棄格律與詩韻的現代詩。可是自由詩的初衷並不是將詩歌散文化！自由詩想讓詩歌擺脫格律的冑甲，創發另一種更自然、

71. 拉辛（Jean Racine，一六三九—一六九九）：法國古典主義代表性劇作家，一六七二年入選為法蘭西學院院士。

更豐富的音樂性。我的耳朵裡，永遠保存著偉大的超現實主義詩人們（捷克的和法國的）朗誦詩句如歌如樂的聲音！自由詩和十二音節詩一樣，也是一個音樂整體，要由停頓來中斷、終止。這停頓，一定要讓人聽見，在十二音節詩或自由詩裡都一樣，就算它有可能違逆整個句子的文法邏輯，還是得表現出來。正是在這破壞句法的停頓之中，蘊含著詩句跨行時的細緻旋律（撩撥出某種旋律）。米沃什的幾首〈交響曲〉都立基於跨行詩句的連接。跨行詩句在米沃什的詩作裡，就是一個驚訝的短暫靜默，出現在下一行開頭的字詞之前：

而幽暗的小徑將在那裡，潮濕
因為瀑布的回音。而我將對你訴說
水上的城邦和巴哈拉赫的拉比[72]
和弗羅倫斯之夜。還有……

4

西元一九四九年，紀德幫伽里瑪出版社編了一套法蘭西詩選。他在序言裡寫道：「X指責我沒有收錄任何米沃什的作品。……是我忘了嗎？不是。是因為我沒有找到任何在我看來特別值得一提的東西。我再重複一遍：我的選擇完全與歷史性無關，只有詩的質地可以影響我的決定。」紀德的傲慢之中有一點見地：米沃什和這本詩選完全無關，他的詩不是法國的，他保留自身所有的波蘭—立陶宛的根柢，逃亡到法文裡，宛如躲入僻靜的修道院裡。就讓我們把紀德的拒絕當成某種高貴的做法，為的是保護一個異鄉人不容侵犯的孤寂；一個永遠的異鄉人。

72.《巴哈拉赫的拉比》（Rabbi de Bacharach）：德國浪漫派詩人海涅（Heinrich Heine，一七九七—一八五六）的作品。

敵意和友誼

一九七〇年代初，俄羅斯占領時期，我和妻子都被逐出工作崗位，身體狀況都不好，有一天，我們倆去了布拉格郊區的一家醫院看一位名醫，他是所有反對派的好朋友，一位猶太老哲人，大家都叫他斯瑪赫爾老師。我們在那兒遇到了E，他是記者，他也是不管做什麼都被人趕出來，身體狀況不佳。我們四個人在那兒聊了很久，沉浸在相互同情的快樂氣氛裡。

回去的時候，E開車載我們，他談起博胡米爾·赫拉巴爾[73]，他是捷克當時最偉大的在世作家；他的幻想無遠弗屆，他醉心於平民百姓的生活經驗（他的小說裡頭滿是最平凡無奇的人），大家都讀他的作品，都很喜歡他（整個捷克電影的年輕世代都奉他如主保聖人）。他的非政治化是非常深刻的。然而，在一個「凡事皆政治」的體制下，他的非政治化並非天真無知。他的非政治化嘲笑意識形態橫行的世界。正因如此，有很長的時間，他受到相對的冷落（對於所有官方推動的事務來說，他完全派不上用場），但也因為同樣的非政治化（他也從未投入任

何反對政府的活動），在俄羅斯占領期間，沒有人找他麻煩，所以他可以或多或少出版幾本書。

E憤怒地咒罵他：他怎麼可以在他的同行被禁止發表作品的時候，還讓別人出版他的書？他怎麼可以用這種方式替政府背書？連一句抗議的話都不說？他的所作所為令人厭惡，赫拉巴爾是個通敵分子。

我也以同樣的憤怒回應：赫拉巴爾作品的精神、幽默、想像，都和統治者的心態背道而馳（他們想把我們窒死在精神病患的束縛衣裡），說他通敵，這是多麼荒謬的事？讀得到赫拉巴爾的世界和聽不到他的聲音的世界，是截然不同的。只要有一本赫拉巴爾的書，對於人們，對於人們的精神自由，它的效用大過我們抗議的行動和聲明！車子裡的討論很快就變成了充滿恨意的爭吵。

許久之後想起這件事，這恨意讓我驚訝（那真的是恨，而且完全是互相的恨），我心想：我們在醫生那兒的投緣是一時的，緣自特殊的歷史情境將我們都

73. 博胡米爾·赫拉巴爾（Bohumil Hrabal，一九一四—一九九七）：捷克作家，著有《過於喧囂的孤獨》、《我曾侍候過英國國王》等書。

變成被迫害者。相反地，我們的歧見是根本的，是獨立於情境之外的，這種歧見存在於兩種人之間——認為政治鬥爭高於具體生命、藝術、思想的人和認為政治的意義在於為具體生命、藝術、思想服務的人。這兩種態度或許都合情合理，但是誰也沒辦法跟對方和解。

一九六八年秋天，我到巴黎待了兩個星期，於是我有機會和阿哈貢在他位於瓦涵街（rue de Varennes）的公寓長聊了兩、三回。不對，我其實沒跟他說什麼，我都在聽他說。由於我從來不寫日記，記憶因而是模糊的，他說的話，我只記得兩個經常出現的主題——他經常對我提起安德列．布賀東晚年和他越來越親近；他也和我談起小說的藝術。在他為《玩笑》所寫的序言裡（在我們相遇的一個月前寫的），他也為小說的重要性做了一番頌讚：「小說是人不可或缺的東西，就像麵包。」在我數度造訪他的時候，他鼓勵我永遠捍衛「這門藝術」（這門被「貶低」的藝術，他在序言裡是這麼寫的，我後來也在《小說的藝術》裡的一個章節，把這個說法用在標題上）。

我們的相遇給我留下的印象是，他和超現實主義者決裂的最深層理由並非政治（他對共產黨的順從），而是美學（他對小說，對這門被超現實主義者「貶低」

的藝術的忠誠），我似乎也瞥見他生命的雙重悲劇：他對小說藝術的熱情（小說或許才是他才華的主要領土）和他對布賀東的友誼（現在，我明白了，在清算的年代，最痛苦的傷口是絕交的傷口，而且，沒有比為了政治而犧牲友誼更愚蠢的事了。我很自豪從未做過這種事。我欣賞密特朗維繫老友情誼的忠誠。他晚年為了這份忠誠遭受如此激烈的攻擊。這份忠誠正是密特朗的高貴之處）。

約莫在我和阿哈貢相遇的七年之後，我認識了埃梅．塞杰爾。我在二次大戰結束時就讀到了他的詩句，那是捷克文的翻譯，刊登在一本前衛期刊上（我讀到米沃什的同一本期刊）。我們見面的地方在巴黎，在畫家林飛龍[74]的畫室。年輕、迷人、活力旺盛的埃梅．塞杰爾拿出一堆問題向我猛攻，劈頭第一個問題就是：「昆德拉，您認識奈茲瓦爾[75]嗎？」「當然認識。可是，您怎麼會……認識他？」不，他不認識奈茲瓦爾，可是安德列．布賀東經常提起他。在我既有的印象裡，

74. 林飛龍（Wifredo Lam，一九〇二—一九八二）：生於古巴，中國、非洲、印第安、西班牙血統的超現實主義畫家。

75. 奈茲瓦爾（Vitězslav Nezval，一九〇〇—一九五八）：捷克詩人、作家、翻譯家，捷克超現實主義者運動的領導人創始者之一。

布賀東以強硬派著稱，他只有可能談到奈茲瓦爾的壞處（他在幾年前和捷克的超現實主義團體決裂，因為他寧願順從黨意——差不多跟阿哈貢一樣）。然而，塞杰爾卻再次告訴我，一九四〇年布賀東旅居馬提尼克期間，對他談起奈茲瓦爾的語氣裡滿懷著愛。此事令我感動。因為奈茲瓦爾也一樣，我記得很清楚，他談起布賀東的時候也是滿懷著愛。

在史達林時代的大審判裡，最令我震驚的，是那些共產黨的高幹冷酷地同意將他們的朋友判處死刑。畢竟他們都是朋友，我這麼說的意思是，他們曾經親密相識，一同經歷艱難的時刻——移居國外、迫害、長期的政治鬥爭。他們如何能犧牲友誼，而且以如此生死立判的決絕方式？

然而，這是友情嗎？有一種人際關係，捷克文稱之為「soudruzstvi」（soudruh：同志），意思就是「同志情誼」，也就是讓共同進行政治鬥爭的人們得以彼此連結的好感。當他們為某一件事共同獻身的精神消失之後，彼此有好感的理由也就消失了。可是友誼如果從屬於某種高於友誼的利益，這種友誼根本與友誼完全無關。

在我們的時代，人們學會讓友誼屈從於所謂的信念。甚至因為道德上的正確性

而感到自豪。事實上，必須非常成熟才能理解，我們所捍衛的主張只是我們比較喜歡的假設，它必然是不完美的，多半是過渡性的，只有非常狹隘的人才會把它當成某種確信之事或真理。對某個朋友的忠誠和對某種信念的幼稚忠誠相反，前者是一種美德，或許是唯一的，最後的美德。

我看著法國詩人荷內．夏（René Char）走在德國哲學家海德格旁邊的照片。一個是以對抗德國占領的地下反抗軍身分受到讚揚，另一個則是因為曾在生命的某個時刻對初生的納粹主義表示認同而受到詆毀。照片拍攝的日期在戰後。我們看到的是他們的背影，他們頭上都戴著帽子，一個高，一個矮，走在大自然裡。我非常喜歡這張照片。

忠於拉伯雷以及在夢裡翻找的超現實主義者

我翻著丹尼洛・契斯的書，那是他的反思文字結集的一本舊書，我感覺自己彷彿置身巴黎鐵塔旁的特羅卡德洛（Trocadéro）一帶的小酒館，坐在他對面，而他扯著粗厲的大嗓門對我說話，像在罵我。在他同代的大作家當中，一九八〇年代住在巴黎的，不論是法國人或外國人，他是最不容易看見的。「時事」這位女神沒有任何理由把光投射在他身上。「我不是異議分子。」他寫道。他甚至沒有移居國外。他自由往來貝爾格勒和巴黎兩地。他只是一個「雜種作家，來自被中歐吞沒的世界」。這個世界雖被吞沒，但是丹尼洛在世的時候（他死於一九八九年），這個世界是歐洲悲劇的凝聚之地。南斯拉夫：對抗納粹的長期血腥（並且凱旋）的戰爭；大屠殺的對象特別是中歐的猶太人（他的父親也在其中）；共產革命，緊接著是與史達林和史達林主義的悲劇性決裂（這決裂也是凱旋的）。生命被這齣歷史悲劇如此刻劃，他卻從來不曾為了政治而犧牲他的小說。正因如此，他才能捕捉到最令人悲痛的——自誕生之際即被遺忘的命運，喑啞無聲的悲

劇。他贊同歐威爾的想法，可是他如何能喜歡《一九八四》？這個拿刀猛劈極權主義的作家在這部小說裡，將人的生命化約至單一的政治維度，和世上的每一個毛澤東所作所為完全相同。為了對抗這種存在的扁平化，他求助於拉伯雷的詼諧風趣，他求助於「在夢裡、在無意識裡翻找」的超現實主義者。我翻著他的舊作，聽見他扯著粗厲的大嗓門說：「很不幸，維庸[76]所開啟的這個法國文學的大調已經消失了。」他明白之後，對於拉伯雷更加忠誠，對於「在夢裡翻找」的超現實主義者也更加忠誠，他也更忠誠於南斯拉夫——它蒙著眼睛已然向前走去，一樣走向消失之途。

76. 維庸（François Villon，一四三一—一四六三）：法國中世紀末期詩人。

關於兩個「春天」以及史克沃萊茨基夫婦

1

一九六八年九月，我在巴黎待了幾天，帶著俄羅斯入侵捷克斯洛伐克的悲劇造成的創傷，約瑟夫和芝丹娜（史克沃萊茨基夫婦）[77]也在那裡。有個年輕人的樣子我還記得，他咄咄逼人地對我們說：「你們到底要什麼，你們這些捷克人？你們已經厭倦社會主義了嗎？」

那幾天，我們和一幫法國朋友聊了很久，他們在兩個「春天」的運動（巴黎的和捷克的）當中看到一些類似的事件，閃耀著相同的反叛精神。這話聽起來舒服得多，不過其中依然有誤解：

一九六八年巴黎的「五月學運」是一場意想不到的爆發。「布拉格之春」則源自一九四八年以後史達林恐怖統治初期的衝擊，是一個長期進程的完成。

巴黎的「五月學運」最初由年輕人發起，帶著革命抒情性的印記。「布拉格之

MILAN KUNDERA

春」則是受到成人的後革命懷疑主義的啟發。

巴黎的「五月學運」是對於人們認為無聊、官樣、僵化的歐洲文化的一次玩笑式的抗議。「布拉格之春」是對於同一文化的激情頌讚，因為它長久以來都受到意識形態愚蠢的窒息，「布拉格之春」捍衛基督宗教，也捍衛不信教的自由，當然，也捍衛著現代藝術（我說的可是現代，不是後現代）。

巴黎的「五月學運」高舉國際主義。「布拉格之春」想把原創與獨立自主還給一個小國。

因為一個「神奇的偶然」，這兩個「春天」，非同步的，各自從不同的歷史時期走來，在同一年的「解剖檯」上相遇。

77. 約瑟夫．史克沃萊茨基（Josef Skvorecky，一九二四—二〇一二）、芝丹娜（Zdena Salivarova，一九三三—）：史克沃萊茨基夫婦於一九六八年起定居於加拿大，一九七一年於當地創立「六八出版社」，出版捷克斯洛伐克境內被查禁的文學作品。一九九〇年，後共產黨年代的捷克總統哈維爾為表彰他們的貢獻，頒授捷克最高榮譽「白獅勳章」。

2

「布拉格之春」這條路的開端，在我的記憶中留下的標記，是史克沃萊茨基的第一部小說《懦夫們》劃下的，這部小說發表於一九五六年，受到官方仇恨的大型煙火歡迎。這部小說代表一個偉大的文學起點，故事說的是一個偉大的歷史起點：一九四五年五月的某個星期，在這個星期裡，在被德國占領了六年之後，捷克斯洛伐克共和國重獲新生。然而如此的仇恨所為何來？這部小說那麼咄咄逼人地反共嗎？完全不是。史克沃萊茨基在書裡說的是一個二十歲男人的故事，他瘋狂地愛上爵士樂（跟史克沃萊茨基一樣），幾天以來的騷動讓他沖昏了頭，一場戰爭結束，德國軍隊跪地求饒，捷克反抗軍笨手笨腳地忙著搞清楚誰是自己人，俄國人來了。沒有任何反共的東西，而是一種深刻的非政治態度；自由，輕浮；無禮的非意識形態。

而且，幽默無所不在，不合時宜的幽默。這讓我想到，世界上每個地方的人都會因為不同理由而笑。那麼我們如何批評布萊希特[78]的幽默感？可是他改編的《好兵帥克歷險記》的劇場演出，證明他從未絲毫理解過哈謝克[79]的喜劇性。史克沃萊茨基的幽默（就像哈謝克或赫拉巴爾的幽默），是遠離權力、不覬覦權力的人的幽默，這些人把歷史當成一個瞎眼老巫婆，歷史的道德審判讓他們發笑。我認為這是有意義的，因為正是在這種不正經、反道學、反意識形態的精神裡，在六〇年代的拂曉之際，開展了捷克文化偉大的十年（而且，也是我們可以稱之為偉大的最後十年）。

3

啊，我心愛的六〇年代。當年我很喜歡犬儒地說：理想的政治體制就是一個解體中的獨裁政權，壓迫的機器的運作方式出了越來越多問題，可是這機器始終在

78. 布萊希特（Bertolt Brecht，一八九八—一九五六）：德國劇作家、戲劇理論家、導演、詩人。一九三三年納粹掌權，被迫流亡，同年所有作品被禁並被焚毀。一九四一年至加州定居，一九四七年受「麥卡錫主義」迫害離開美國，一九四八年於東柏林與其妻共同創立柏林劇團。

79. 哈謝克（Jaroslav Hasek，一八八三—一九二三）：捷克作家，代表作品《好兵帥克歷險記》，以主角帥克於軍隊服役的所見所聞加上胡言亂語，諷刺奧匈帝國和軍隊的腐敗，同時以玩笑揭露了世界的荒誕。

那兒，刺激著批判和嘲諷的精神。一九六七年夏天，作家聯盟大鳴大放的大會惹火了政府高層，他們認為作家們的放肆無禮已經太過頭了，於是決定採取強硬的政治做法。然而批判精神已經連黨的中央委員會都受到感染，一九六八年一月，中央委員會選出一個名不見經傳的傢伙亞歷山大・杜布切克擔任第一書記。「布拉格之春」開始了，開開心心的，這個國家拒絕了俄羅斯強加的生活方式，邊界開放了，所有的社會組織（工會、聯盟、協會）——原本是為了將黨的意志傳達給人民——都變成獨立的，而且變成一個意想不到的民主政治的意想不到的工具。一個體系誕生了（沒有任何事前的計畫，幾乎是偶然的），這確實是前所未有的。百分之百國有化的經濟，集體農場掌握的農業，沒有人太有錢，沒有人太窮，學校和醫藥都是免費的，還有，秘密警察的權力終結了，政治迫害終結了，書寫的自由不再遭受查禁的破壞，因此，文學、藝術、思想、期刊百花齊放。我不知道這個體系的未來遠景是什麼；在當時的地緣政治處境裡，肯定是什麼也沒有；但是在另一種地緣政治處境裡呢？誰能知道……總之，在這個體系存在的這一瞬間，這一瞬間曾經美好無比。

在《波希米亞的奇蹟》（一九七〇年寫成），史克沃萊茨基說的是一九四八年

MILAN KUNDERA

和一九六八年之間的整個時代的故事。令人驚訝的是，他不只將他的懷疑目光放在當權者幹的蠢事上，也放在「布拉格之春」舞臺上的抗議者身上，放在他們虛榮的手勢上。因此，在捷克斯洛伐克，在俄羅斯入侵的災難之後，這本書不僅如同史克沃萊茨基的所有著作一樣遭到查禁，這本書在遭受道學病毒感染的反對陣營裡也不受歡迎，他們無法忍受這種目光不合時宜的自由，他們無法忍受這種嘲諷不合時宜的自由。

4

一九六八年九月在巴黎，我跟史克沃萊茨基夫婦和一些法國朋友談到兩個「春天」的時候，我們並非沒有憂慮。我想到我回布拉格的艱辛，他們想著他們移居多倫多的艱辛。約瑟夫對美國文學及爵士樂的熱情讓這樣的選擇變得容易。（彷彿，從少年時期開始，每個人就把可能的流亡地帶在身上。我是法國，他們是北美……）可是，儘管史克沃萊茨基夫婦這麼具有四海一家的精神，他們還是很愛國。啊，我知道，在今天這種歐洲一體化主導的時代，我們不該說「愛國」，而是應該（語帶輕蔑地）說「民族主義」。不過，請原諒我，在這灰暗凶險的年代，我們如何能不愛國？史克沃萊茨基夫婦在多倫多住的是一幢小房子，他們保留一個房間，在裡頭編輯捷克作家被祖國查禁的作品。當時，沒有什麼比這更重要的事了。捷克民族的誕生（它誕生了好幾次）靠的不是在軍事上的征服，它靠的一向是它的文學。而我說的文學，也不是作為政治武器的文學。我說的是作為文學的文學。而且，沒有任何政治組織資助史克沃萊茨基夫婦，他們作為出版人，只能靠自己的力量和自己的犧牲。我永遠不會忘記。我住在巴黎，我的故鄉之心，對我來說，在多倫多。俄羅斯的占領告終，不再有理由要在外國編輯捷克的書。從此，芝丹娜和約瑟夫偶爾造訪布拉格，但還是回到他們的祖國生活。回到他們古老流亡地的祖國。

在下面你將聞到玫瑰花香

最近一次在恩內斯特・布賀勒家

我們跟每次來的時候一樣，喝著白蘭姆酒加紅糖，加框的畫布一幅幅擱在地上，很多都是這幾年畫的。不過這一次，我專注於最近的幾幅畫，這些靠在牆上的畫我是第一次看到，它們以白色為主調，和先前那些畫明顯不同。我問道：「還是一直是死亡嗎？」「是啊。」他說。

先前的那些時期，無頭的裸露身體飄盪著，下面則是幾隻小狗在沒有盡頭的黑夜裡哭泣。這幾幅夜的畫作，我早先認為是受到奴隸歷史的啟發，因為對奴隸們來說，夜晚是自由生活的唯一時刻。「夜離開了你這些白色的畫嗎？」「不。我畫的還是夜。」他說。我這才明白，夜只是把它的外衣翻轉過來。這是冥間永恆擁抱的夜。

他解釋給我聽，畫的第一階段，畫布的顏色非常豐富，後來，白色一點一點加上去，像細繩編的簾子，像一場雨，覆在畫上。我說：「天使們在夜裡造訪你的畫室，把白色的尿撒在你的畫上。」

我一看再看的那幅畫是這樣的：左邊有一扇打開的門，中間是一具水平的身體，飄浮著，彷彿正要出家門。下面，右邊，放著一頂帽子。我明白了，這不是家門，而是墳墓入口，就像在馬提尼克的墓園裡看到的：貼著白色方磚的小屋。

我看著下面的這頂帽子出現在墓旁，令人驚訝。一件物品突兀地出現，這是超現實主義者的手法嗎？前晚，我去另一位馬提尼克朋友雨貝的家。他拿了一頂帽子給我看，那是他去世多年的父親留給他的一頂漂亮的大帽子。「帽子，在我們這兒是長子從父親那裡繼承的紀念物。」他如此為我解釋。

還有玫瑰。這些玫瑰飄浮在身體周圍，它們飄盪著，或者長在身體上。霎時間，我的腦子裡浮現了一些詩句，那是我年紀很輕的時候十分著迷的詩句，是捷克詩人哈拉斯[80]的詩句：

在下面你將聞到玫瑰花香
當你經歷你的死亡
夜裡，你將拋棄

MILAN KUNDERA

愛情，你的盾牌

我看見我的故鄉，這巴洛克教堂、巴洛克墓園、巴洛克雕像的國度，以及對於死亡的執念，對於離去的身體的執念，這不再屬於活人的身體就算已經腐爛，它還是身體，它是愛情、溫情、慾望的對象。我看到我的前面是過去的非洲和過去的波希米亞[81]，一個黑人的小村與巴斯卡[82]的無限空間，超現實主義和巴洛克，哈拉斯和塞杰爾，天使在撒尿，小狗在哭，我自己的家和我的他方。

80. 哈拉斯（Frantisek Halas，一九〇一－一九四九）：二十世紀捷克最重要的抒情詩人之一。
81. 波希米亞：中歐地區古地名，位於今日捷克共和國中西部，占全國約三分之二的面積。
82. 巴斯卡（Blaise Pascal，一六二三－一六六二）：法國數學家、物理學家哲學家、神學家，《沉思錄》的作者，強調理性的局限，認為只有感性、直觀和愛才能面對無限的宇宙，體驗上帝，找到人的定位。

VII／我的初戀

單腿人偉大的長跑

如果有人問我，我的母國透過什麼在我的美學基因裡留下深遠影響，我會毫不遲疑地回答：透過楊納切克的音樂。身世的巧合在這裡也扮演了它的角色，因為楊納切克一輩子都在布爾諾（Brno）生活，我父親也是，他還是年輕鋼琴家的時候在這裡曾經是一個對他著迷的（孤立的）音樂社團的成員，這些人是楊納切克最早的行家與捍衛者。我在楊納切克辭世之後一年來到人間，從小，我就每天聽父親或是他的學生們彈奏他的音樂。一九七一年，在我父親的葬禮上，在被占領的陰暗年代，我不讓任何人致詞；只有四個音樂家，在火化時，演奏楊納切克的《第二號弦樂四重奏》。

四年後，我移居法國，受到國家命運的震撼，我在電臺談了好幾次這位捷克最偉大的作曲家，談了很長的時間。後來，我很樂意地答應幫一份音樂期刊撰寫樂評，評論楊納切克的作品在這幾年（九〇年代初）被錄製成的專輯。這是份愉快的工作，沒錯，但是演奏水準的不相稱（經常是極為平庸）令人不可思議，這就有一點掃興了。在這些專輯裡，只有兩張令我著迷，亞蘭・普拉內斯（Alain Planès）演奏的鋼琴曲，還有維也納的阿爾班・貝爾格弦樂四重奏（Alban Berg Quartett）演出的四重奏。為了向他們致敬（也以此與其他人論戰），我試著定義楊納切克的風格：「對比性極強的主題令人暈眩地緊密並列，快速接連出現，沒有過渡句，而且經常同時鳴響；在縮減到極致的空間裡，形成粗暴與溫柔之間的張力。還有，美與醜之間的張力，因為楊納切克或許是極少數有能力的作曲家，可以在音樂裡提出偉大畫家才會提出的問題——醜，作為藝術創作的對象。（譬如，在四重奏裡，有幾節是以靠近琴馬的運弓法〔sul ponticello〕演奏的，尖銳刺耳，將樂音轉化為噪音。）」可是就連這張讓我聽得這麼高興的專輯也附了一段文字，以民族主義的愚蠢觀點介紹楊納切克，把他說成了「史麥塔納的門徒」（他與此相反！），並且將他的表現性化約為對於逝去時代的浪漫感傷：

同樣音樂的不同詮釋本來就會有品質上的差異，這種事再正常不過了。但是，楊納切克的問題並不是演出的缺陷，而是人們對於他的美學的聾盲！人們對於他的原創性的誤解！這種誤解，我認為意義深遠，因為它透露了壓在楊納切克音樂上的魔咒。這正是〈單腿人偉大的長跑〉這篇文章的寫作緣由：

一八五四年生於貧窮的環境，他是村子裡（一個小村子）小學老師的兒子，他從十一歲到過世之前都在布爾諾生活，這是個外省的城市，在捷克知識分子生活圈的邊緣地帶（他們的中心在布拉格，而布拉格在奧匈帝國裡也只是個外省的城市）；在這些條件下，他的藝術進展慢得令人無法置信。他很年輕就開始作曲，但是直到四十五歲創作了《顏如花》（Jenufa），才找到自己的風格。這齣歌劇於一九〇二年完成，一九〇四年在布爾諾一家不起眼的劇院首演，當時他已經五十歲，頭髮全白。他得等到一九一六年——其間始終被輕視，近乎無名——《顏如花》被拒於門外十四年後，才終於在布拉格演出，並且出乎意料地成功，更跌破眾人眼鏡的是，這齣歌劇讓他的名聲突然越過祖國的邊界。六十二歲那年，他的生命長跑加速到令人暈眩的地步；他還有十二年可活，他彷彿活在永不歇止的狂熱中，譜寫他最重要的作品；他受邀參加「國際現代音樂協會」主辦的每一個音樂節，他在巴爾托克、荀白克、史特拉汶斯基的身旁，宛如他們的兄弟（一個年長許多的兄弟，但終究是兄弟）。

他到底是誰？一個天真的外地小子，滿腦子民謠，如同布拉格那些高傲頑固的音樂學家所做的介紹？還是現代音樂的一個大人物？這樣的話，他做的是哪一種現代音樂？他並不屬於任何已知的流派，也不屬於任何團體、任何學派！他是不同的，也是孤獨的。

弗拉迪米爾・赫佛特（Vladimir Helfert）於一九一九年成為布爾諾大學的教授之後，立刻著手書寫他深深著迷的楊納切克，在他的計畫裡，這是全集四卷的巨型專論。楊納切克於一九二八年辭世，十年後，赫佛特在長期的研究之後完成了第一卷。那時是一九三八年，慕尼黑會議，德國占領，戰爭。赫佛特被關進集中營，和平降臨未久即辭世。至於論文，他只留下第一卷，而在這份論文的最後，楊納切克才三十五歲，還沒有任何成氣候的作品。

一則小故事：一九二四年，馬克斯・布洛德（Max Brod）出版了一本熱情的短篇專論，主題是楊納切克（用德文寫的，也是第一本關於楊納切克的書）。赫佛特立刻攻擊他，他認為布洛德缺乏嚴肅的科學精神！證據是，有些楊納切克年輕時作的曲子，布洛德甚至不知道這些作品的存在！楊納切克替布洛德辯護，他說：聽這些無關緊要的東西幹什麼？為什麼要拿作曲家自己覺得不重要，甚至燒掉一大部分的東西來評判他？

這就是關於原型的衝突：一種新的風格，一種新的美學，這些東西如何捕捉？

像歷史學家喜歡的做法，努力回溯，找到藝術家年輕的時候，找到他的第一次交媾，找到他包過的尿布？還是，像藝術實踐者，關心作品本身，關心作品的結構，並且去分析、剝解、比較、對照？

我想到《艾那尼》（Hernani）著名的首演。雨果二十八歲，他的朋友們還更年輕，他們的熱情不僅是為了這齣戲，更是為了這齣戲的新美學，他們認識這種美學，他們捍衛這種新的美學，他們為此奮戰。我想到荀白克；雖然他被這麼多人冷眼相待，但是他也被年輕的音樂家、被他的學生們和行家們圍繞，阿多諾也在其中，他將寫下一部為荀白克的音樂留下偉大詮釋的名著。我想到超現實主義者，他們急著為他們的藝術附上一份理論宣言，避免一切錯誤的詮釋。換句話說，所有現代流派一直在奮戰，為的不僅是他們的藝術，也為了它們的美學綱領。

楊納切克在他的外省地方，身邊沒有任何一幫朋友。沒有任何阿多諾，連十分之一、百分之一個阿多諾也沒有，沒有人在那裡幫他解釋他的音樂新意何在，他只能獨自前行，沒有任何理論支持，宛如一個單腿的跑者。在他生命的最後十年，布爾諾有一個年輕音樂家的圈子非常喜愛他，也理解他，但是他們的聲音微

MILAN KUNDERA

弱幾不可聞。他死前幾個月，布拉格的國家劇院（就是十四年期間都拒《顏如花》於門外的那個劇院）將阿爾班・貝爾格[83]的《伍采克》搬上舞臺；這種過於現代的音樂激怒了布拉格的觀眾，噓聲四起，劇院主管不得不迅速做出順從民意的決定，把《伍采克》從節目單上抽掉。此時老邁的楊納切克捍衛貝爾格，公開地、猛烈地，彷彿只要時間還來得及，他就要讓人知道，誰和他是一夥的，哪些人是他的自己人，是他一輩子都沒見過的自己人。

此刻，楊納切克已辭世八十年，我打開《樂如思辭典》（Larousse），讀著他的簡介：「……他經常採集民間歌曲，這些歌曲的精神灌注在他所有的作品和政治思想裡。」（請試著想像，這段話所描繪的這個幾乎不可能存在的白痴是什麼德性！）……他譜寫的是「徹底的民族性與種族性」的作品（請留意，這段話是在現代音樂的國際脈絡之外寫的！）……他的歌劇「充滿社會主義的意識形態」（完全不知所云……）；他們把他的音樂形式描述成「傳統的」，而且不談他的

83. 阿爾班・貝爾格（Alban Berg，一八八五－一九三五）：奧地利作曲家，《伍采克》（Wozzeck）為其第一部歌劇作品。前文出現的「阿爾班・貝爾格弦樂四重奏」即為紀念大師，而以其名為樂團命名。

不因循、不流俗；關於歌劇，他們提到的是《夏爾卡》（Sarka）（這是不成熟的作品，理當被遺忘），而他的《死屋手記》（De la maison des morts），這齣二十世紀最偉大的歌劇之一，卻隻字未提。

所以，看到數十年間，多少鋼琴家、樂團指揮在尋找楊納切克的風格時，被這些指示牌引入歧途，有什麼好驚訝呢？我對於真正理解他，並且毫無遲疑的那些人因而懷抱更多的敬意：查理・馬克拉斯（Charles Mackerras）、亞蘭・普拉內斯、阿爾班・貝爾格弦樂四重奏……。二〇〇三年，他去世七十五年，在巴黎，我出席了一場盛大的音樂會，聽眾極為熱情，那是皮耶・布列茲[84]指揮演出的《隨想曲》（Capriccio）、《小交響曲》（Sinfonietta）和《慶典彌撒》（Messe Glagolitique）。我從未聽過比這次演出更楊納切克的楊納切克作品——魯莽放肆的清明，反浪漫的表現性，粗暴的現代性。當時我心想：或許，在一整個世紀的長跑之後，只用一條腿在跑的楊納切克，最後終於和他的自己人組成的跑者群會合了。

84. 皮耶・布列茲（Pierre Boulez，一九二五—二〇一六）：法國當代古典樂作曲家、指揮家，一九四三年於巴黎音樂學院在梅湘門下習藝，曾任ＢＢＣ交響樂團及紐約愛樂的首席指揮。

鄉愁最深的歌劇——《狡猾母狐狸》（La Renarde rusée）

1

在楊納切克的歌劇裡，有五個大師之作，其中三個劇本（《顏如花》：一九〇二年、《卡嘉·卡巴諾瓦》〔Katia Kabanova〕：一九二一年、《馬可羅普洛斯事件》〔L'Affaire Makropoulos〕：一九二四年）是將戲劇作品修改、縮短。另外兩個（《狡猾母狐狸》：一九二三年和《死屋手記》：一九二七年）的情況不一樣，前者根據的是一位捷克當代作家的長篇連載小說（迷人的作品，但是沒有宏偉的藝術野心），後者的靈感來源則是杜斯妥也夫斯基對於苦刑犯生活的回憶。這就不再是縮短或修改可以解決的了，他得創作出獨立存在的戲劇作品，並且賦予這些作品一個新的架構。這工作楊納切克不可能託付給任何人，他自己擔了下來。

而且這是一份複雜的工作，因為這兩個文學模型既沒有結構，也沒有戲劇張力，《狡猾母狐狸》只是關於森林田園詩的一組畫面，《死屋手記》則是關於

MILAN KUNDERA

苦刑犯生活的報導。值得注意的地方就在這裡，楊納切克不只沒在他的改編本裡為了情節或懸念不足而做出任何努力，反而還刻意強調；他把這個缺點變成了王牌。

與歌劇藝術同生共存的危險，就是它的音樂很容易就會變成單純的說明，太過專注於情節演變的觀眾有可能不再是聽眾。從這個觀點看來，楊納切克放棄虛構的情節，放棄戲劇性的情節，對一個想從歌劇內部翻轉「權力關係」，將音樂徹底置於首要地位的偉大音樂家來說，這似乎是終極的策略。

也正因為這種情節的朦朧，楊納切克才得以找到——在這兩個作品裡多過另外三個作品——歌劇臺詞的特殊性。而這特殊性也可以藉由這個負面的證據來印證——如果在沒有音樂的情況下呈現這些劇本，它們看起來其實滿糟的，糟是因為從概念開始，楊納切克就把支配性的角色留給音樂，是音樂在說故事，在揭露人物的心理，是音樂在讓人感動，讓人驚訝，是音樂在沉思，在魅惑人，甚至是音樂在組織作品的整體，在決定作品的架構（而且是做工非常細緻的架構）。

2

擬人化的動物可能會讓人認為《狡猾母狐狸》是一則童話故事、一則寓言或一則諷喻。這錯誤有可能遮蓋這個作品最重要的原創性——扎根於人的生活散文，扎根於平凡的日常生活性當中。背景：一幢森林看守人的小屋，一家客棧，森林。人物：一個森林看守人和兩個朋友，一個是村裡的小學老師，一個是神父，然後是客棧老闆、老闆娘，還有一個偷獵的人；加上一些動物。擬人化一點也沒有讓動物們從日常生活的散文抽離，母狐狸被森林看守人抓住了，關在院子裡，然後又逃走，住在森林裡，有了小狐狸，後來又被偷獵的人槍殺，最後成了這個兇手的未婚妻的皮裘手籠。這只是在動物的場景裡，將遊戲放肆的微笑添加在原本如此的平凡生活上：母雞們造反，要求社會權，還有嫉妒的鳥兒們假道學的閒言閒語，諸如此類。

連結動物世界與人類世界的是同一主題：隨時離去的時光，老年，每一條路都通往它。米開朗基羅在他著名的詩句裡以畫家身分說：老年，就是積累肉體衰敗

既可怕又具體的細節；楊納切克則以音樂家的身分說：老年的「音樂本質」（意思是：音樂可以到達的，只有音樂可以表述的），是對於逝去時光的無限鄉愁。

3

鄉愁。它決定的不只是作品的氣氛，也決定了立基於兩種時間時時對照的平行架構。人類的時間緩緩變老，動物的時間則是快步前進。在母狐狸快速時間的鏡子裡，森林看守人瞥見自己人生短暫，令人憂傷。

在歌劇的第一個場景，森林看守人疲憊地走過森林。「我快累死了，」他嘆了一口氣說，「像是新婚之夜剛過。」然後他坐下來睡著了。在最後的場景，他也想起新婚之日，他又在一棵樹下睡著了。正因為有這樣的人性框架，歌劇的中途歡樂慶祝的母狐狸婚禮才會散發著告別的柔和光芒。

歌劇最終的樂段始於一個看似無關緊要的場景，但這場景卻始終揪著我的心。客棧裡只有森林看守人和小學老師兩人。第三個朋友，也就是神父，被調到另一個村子，已經不在他們身邊了。客棧老闆娘太忙，沒心情講話。小學老師也一樣，沉默寡言——他愛的女人今天跟別人結婚了。所以他們的對話實在乏善可陳：老闆上哪兒去了？去城裡；神父怎麼樣啊？誰知道；森林看守人的狗，牠為什麼沒來？牠不喜歡走路了，腳痛，牠老了；跟我們一樣，森林看守人補上一句。我沒看過哪個歌劇場景的對話無趣到這種地步，我也沒看過哪個場景有比這更令人心碎、更真實的悲傷。

楊納切克成功地說出只有歌劇能說的：一家客棧裡的一段無關緊要的閒聊，這般令人無法承受的鄉愁只有靠歌劇才能表達——音樂變成某種情境的第四個維度，倘若沒有音樂，這情境將無足輕重，無人瞥見，無聲無息。

4

小學老師喝了很多酒，一個人在原野上看見一朵向日葵。他瘋狂地愛著一個女人，他以為那朵花就是她。他跪下來對著向日葵訴說衷情。「不論天涯海角，我都跟你去。我會把你摟在懷裡。」這個部分不過七個小節，卻有非常強烈的悲愴。我把它們的和弦摘錄如下，讓大家看到，這裡沒有任何一個出乎意料的不協

MILAN KUNDERA

和音（像史特拉汶斯基的作品有可能出現的）讓人們得以因此理解這場告白的滑稽特質：

這正是老楊納切克的智慧：他知道在我們的感覺當中，可笑的真實性是怎麼也不會改變的。小學老師的熱情越是真摯深刻，就越是滑稽，越是悲傷。（順帶一提，試想這個場景如果沒有音樂，將僅止於滑稽。平淡無奇的滑稽。唯有音樂可以讓人瞥見隱藏的憂傷。）且讓我們暫時停留在這首獻給向日葵的情歌。它只有七個小節，沒有反覆，沒有任何延長。這會兒我們聽到的，和華格納的感情意義完全相反，華格納的特色是以長旋律去挖掘、深入、擴大，直至陶醉，而且每次只放大一種感情。在楊納切克的作品裡，感情強烈的程度不遑多讓，但這些感情極為集中，因而簡短。世界就像是旋轉木馬，感覺來來去去、交替、對峙，經常在互不相容的情況下同時響起，而這就構成了楊納切克的音樂無法模仿的張力。《狡猾母狐狸》最初的幾個小節可以為證：感傷無力的鄉愁連奏（legato）動機碰上來攪局的斷奏（staccato）動機，後者以三個快速音符作結，數度反覆，越來越逼人：

MILAN KUNDERA

這兩個在感情上相反的動機同時呈現，混雜，交疊，對立，它們的同時存在令人擔憂，占據了四十一個小節，讓人從一開始就沉浸在《狡猾母狐狸》這首令人心碎的田園詩緊繃的感情氛圍裡。

5

最後一幕：森林看守人向小學老師告辭，離開了客棧。在森林裡，他任由鄉愁占領思緒，他想到結婚那天，他和妻子在同樣的這些樹下漫步：一首歡樂的歌，頌讚一個逝去的春天。所以，這終究也是個中規中矩的感傷結局嗎？不盡然是「中規中矩」的，因為散文式的歌詞不斷在頌讚中插入。先是一群蒼蠅嗡嗡作響十分擾人（小提琴靠近琴馬的運弓法），森林看守人把它們從臉上趕開：「沒有這些蒼蠅，我馬上就可以睡著。」因為，別忘了，他很老，跟腳痛的那隻狗一樣老。不過，在真正睡著之前，他還是唱了好幾個小節。在夢裡，他看見森林裡所有的動物，其中有一隻小母狐狸，那是狡猾母狐狸的女兒。他對牠說：「我要抓住你，就像抓住你媽那樣，不過這次我會好好處理你，才不會被人家把你、把我寫在報紙上。」這是影射楊納切克取材的長篇小說是在報上連載的；這是把我們從抒情詩的氣息如此強烈的情境裡喚醒的一個笑話（不過也只是幾秒鐘）。接著，跑來一隻青蛙。「小怪物，你在這兒幹啥？」森林看守人對牠說。青蛙結結巴巴地說：「您以為您看過的那隻青蛙不是我，是我—我—我的爺爺，他經—經—經常提到您。」這是歌劇最後的幾句話。森林看守人在一棵樹下沉沉睡去（說不定還打著呼），此刻音樂（短暫地，不過是幾個小節）在忘情陶醉之中盛放。

6

啊，這隻小青蛙！馬克斯．布洛德一點也不喜歡牠。馬克斯．布洛德，是的，法蘭茲．卡夫卡最親近的友人；不論到哪裡，只要他可以，他都捧楊納切克的場；他把他的歌劇翻譯成德文，為這些作品打開日爾曼劇場之路。他誠摯的友情讓他得以將所有的批評意見都告訴作曲家。小青蛙，他在一封信裡寫道，牠應該消失，森林看守人應該莊嚴地說幾句話，取代牠的結結巴巴，作為歌劇的結局！他甚至向楊納切克提議：「So kehrt alles zurück, alles in ewiger Jugendpracht！（這樣一切都

回來了，一切都帶著永恆的青春活力回來了！）」

楊納切克拒絕了。因為布洛德的提議和他所有的美學企圖背道而馳，和他一生與人論戰的精神背道而馳。在論戰當中，他和歌劇傳統是對立的。他和華格納是對立的。他和史麥塔納是對立的。他和他的同胞們的官方音樂理論是對立的。換句話說，他和（容我套用荷內・吉哈[85]的說法）「浪漫的謊言」是對立的。以青蛙為主題的小爭執，顯露出布洛德無可救藥的浪漫主義：試想老邁疲憊的森林看守人，展開雙臂，頭往後仰，歌頌青春的永恆與榮光！這正是浪漫的謊言，或者，換另一個字眼來說，這就是媚俗（kitsch）。

二十世紀中歐最偉大的文學大家（卡夫卡、穆齊爾、布羅赫、貢布羅維奇，當然還有佛洛伊德）都反叛了前一世紀的傳承（他們在這反叛之中都非常孤立）。在他們的中歐，前一世紀的傳承屈服於浪漫主義沉重的影響力。對他們來說，這種浪漫主義庸俗的極致，無可避免地導致媚俗。而媚俗對他們來說（對他們的門

85. 荷內・吉哈（René Girard，一九二三—二〇一五）：法國哲學家，二〇〇五年入選為法蘭西學院院士。

徒和傳承者來說），是最大的美學之惡。

十九世紀的中歐並沒有給世界帶來任何一個巴爾札克、斯湯達爾，卻把一個偉大的信仰獻給了歌劇，這種信仰在歌劇和所有的領域裡都扮演了社會、政治、國族的角色。因此，如其原貌的歌劇——它的精神、眾人皆知的浮誇言詞風格——激起了這些偉大的現代主義者嘲諷的怒火。譬如，對布羅赫來說，華格納歌劇的華麗排場、多愁善感、非現實性，代表的正是媚俗的典範。

楊納切克透過其作品的美學，躋身中歐這群偉大（而孤獨）的反浪漫派文人之列。雖然他將一生奉獻給歌劇，但是他和他的傳統、他的習俗、他的作為之間的微妙關係，與布羅赫的坎坷實在不相上下。

7

楊納切克是最早以散文劇本譜寫歌劇的音樂家之一（他在十九世紀結束之前就動手寫《顏如花》了）。彷彿藉由這個大動作，他永遠拒絕了詩化的語言（也拒絕將現實詩化的幻覺），這個大動作讓他一下子找到了自己的風格。而他的大賭

MILAN KUNDERA

注則是：在散文之中尋找音樂之美：日常生活情境的散文之中，在將要啟發他旋律藝術原創性的口語散文之中。

哀歌式的鄉愁：音樂與詩歌崇高而永恆的主題。可是楊納切克在《狡猾母狐狸》裡揭開的鄉愁遠遠不同於那些為過去時光哭泣的戲劇手勢。他的鄉愁極為真實，出現在無人尋索的時地——在客棧裡兩個老男人的閒聊裡；在一隻可憐小動物的死亡裡；在小學老師對著向日葵下跪的愛情裡。

VIII／遺忘的荀白克

這不是我的慶典

本文發表於一九九五年，與其他文章一同刊載於《法蘭克福評論報》慶祝電影誕生百年專題

盧米耶兄弟在一八九五年發明的不是一種藝術，而是一種讓人得以捕捉、呈現視覺影像，並且保存、做成檔案的技術，而這視覺影像捕捉的並非片段瞬間的現實，而是一段時間的動作。如果沒有這個「連續動作的相片」的發明，今天的世界不會是此刻的樣貌，新的技術成了：第一，讓人變笨的主要行動者（廣告片、電視影集：從前的壞文學和這些東西的威力相比，有天壤之別）；第二，全球性的偷窺行為的行動者（攝影機：在不名譽的情況下偷拍政敵，或在恐怖攻擊之後，將某個躺在擔架上的半裸女人的痛苦化為令人永難忘懷的畫面……）。

作為藝術的影片確實存在，但是它的重要性遠低於作為技術的影片，而它的歷史，肯定是所有藝術史當中最短的。我想起二十幾年前在巴黎的一次晚餐。有個聰明又討人喜歡的年輕人以戲謔的輕蔑語氣提起費里尼——他最近的一部片子，他

MILAN KUNDERA

真的覺得很糟。我像被催眠似地望著他。我知道想像力的價值，因此對於費里尼的電影，我始終懷抱謙遜的崇敬之意。在這個聰慧耀眼的年輕人面前，在一九八〇年代初期的法國，我第一次感受到在捷克斯洛伐克（即便是最惡劣的史達林年代）從未有過的感覺——覺得自己處在一個藝術之後的時代，處在一個藝術已經消失的世界，因為對於藝術的渴望、對藝術的感受性、對藝術的愛，都消失了。

從此，我越來越常發現人們不再喜愛費里尼了，儘管他曾經成功地以他的作品造就了現代藝術史上的一個偉大時代（如同史特拉汶斯基，如同畢卡索）；儘管他曾經以無可比擬的奇想融合了夢與現實（超現實主義者想望的古老綱領）；儘管在最後的時期（正是這個時期被人看不起），他知道如何以清澈的夢幻之眼殘酷地揭開當代世界的假面（請想想《樂隊排演》、《女人城》、《揚帆》、《舞國》、《費里尼的剪貼簿》、《月亮的聲音》）。

也正是在這個最後的時期，費里尼和貝盧斯科尼[86]激烈衝突，他反對貝盧斯科

86. 貝盧斯科尼（Silvio Berlusconi，一九三六—）：義大利媒體鉅子，中間偏右的義大利力量黨創始人，一九九四、二〇〇一、二〇〇八年，三度出任義大利總理。

尼讓電視廣告打斷影片的做法。在這場衝突裡，我看到了某種深刻的意義：由於廣告片也是一個電影類型，這場衝突因而是盧米耶兄弟的兩種傳承之間的衝突——作為藝術的影片與作為讓人變笨的行動者的影片之間的衝突。大家都知道結果：作為藝術的影片敗陣了。

這場衝突於一九九三年告終，貝盧斯科尼的電視臺將費里尼的身體投映在螢光幕上，赤裸裸的、被解除武裝的、臨終的時刻（奇怪的巧合：正是在一九六〇年的電影《生活的甜蜜》當中，一個令人難忘的場景，攝影機姦屍的狂熱首度被捕捉，並且如先知預言般呈現）。歷史性的轉折結束了，費里尼的遺孤們作為盧米耶兄弟的傳承者已經不再有什麼影響力了。費里尼的歐洲被另一個完全不同的歐洲背離了。電影百年？沒錯。可這不是我的慶典。

MILAN KUNDERA

貝托爾特，你還剩下什麼？

一九九九年四月，一份巴黎的週刊（最嚴肅的週刊之一）刊登了一個「世紀天才」的專題。名單上有十八人：香奈兒、瑪麗亞·卡拉絲、西蒙·佛洛伊德、居禮夫人、伊夫·聖羅蘭、科比意、亞歷山大·佛萊明、羅伯·歐本海默、洛克菲勒、史丹利·庫伯力克、比爾·蓋茲、畢卡索、福特、愛因斯坦、羅伯·諾宜斯、艾德華·泰勒、愛迪生、摩根。也就是說，沒有任何小說家、詩人、劇作家；沒有任何哲學家；只有一個建築師；只有一個畫家，可是有兩個時裝設計師；沒有任何作曲家，有一個歌劇女高音；只有一個導演（巴黎的記者沒選艾森斯坦、卓別林、柏格曼、費里尼，他們比較喜歡庫伯力克）。這份名單不是一些無知的人拼湊出來的。它極其清楚地宣示了一個現實的改變：歐洲與文學、哲學、藝術的新關係。

屬於文化的大人物，我們遺忘了嗎？遺忘並非確切的字眼。我記得在同　時期，在世紀將盡之際，一股論文潮幾乎將我們淹沒，關於格雷安·葛林（Graham

Greene），關於恩內斯特・海明威，關於T・S・艾略特，關於菲立普・拉金（Philip Larkin），關於貝托爾特・布萊希特，關於馬丁・海德格，關於帕布羅・畢卡索，關於尤金・尤涅斯科，關於蕭沆，還有更多更多……

這些流露著怨恨的論文（感謝克雷格・瑞恩〔Craig Raine〕為艾略特辯護，感謝馬丁・艾米斯〔Martin Amis〕為拉金辯護）讓週刊的名單有了清楚的意義——要排除這些文化的天才，人們毫不遲疑；喜歡香奈兒輕鬆得多，她的衣服天真無邪，不會讓人有壓力，好過這些文化泰斗，一個個都和世紀之惡、墮落、罪行有所牽連。歐洲進入了檢察官的年代，歐洲不再被愛，歐洲不再愛它自己。

這麼說的意思是，這些論文對於它們描繪的作者所創作的東西特別嚴苛囉？啊，不是這樣的，在這個年代，藝術已經失去了吸引力，教授和行家們不再管那些畫作和書本了，他們只管做出這些作品的人，還有他們的人生。

在檢察官的年代，人生的意思是什麼？

是原本要遮掩在騙人的外表下的一長串事件，也就是錯事。

為了在偽裝之下找出錯事，論文作者必須有偵探的天分，還得有一個密探的網路。而為了不要失去學術高度，論文作者得在頁尾註明告密者的姓名，因為這麼

MILAN KUNDERA

一來，以科學的眼光來看，一段流言蜚語就成了真實。

我打開這本以貝托爾特．布萊希特為主題的八百頁鉅著。作者是馬里蘭州立大學比較文學系的教授，他鉅細靡遺地論證了布萊希特靈魂的卑劣之處（掩飾自己的同性戀、色情狂、剽竊自己情婦們的劇作、贊同希特勒、贊同史達林、反猶太、說謊成性、冷酷無情），之後，終於來到他的肉體（第四十五章），來到他非常嚴重的體臭，作者為此寫了一整段。為了確認這則嗅覺發現的科學性，作者在這一章的第四十三個註釋裡指出，他「這個細緻的描述來自微拉．田余特（Vera Tenschert），當年柏林劇團（Berliner Ensemble）的攝影主任」，她在「一九八五年六月五日」告訴他這件事（也就是在這個發臭的人入殮三十年之後）。

啊，貝托爾特，你還剩下什麼？

你的體臭，被你忠誠的合作夥伴保存了三十年，然後由一位學者接手，以大學實驗室的現代方法強化之後，將它送往我們未來的千禧年。

遺忘荀白克

戰後一年或兩年，我十六、七歲的時候，遇到一對約莫比我大五歲的猶太夫婦，他們的青少年時期先後在特雷辛（Terezin）和另一個集中營裡度過。面對他們的命運我不知所措，我感到惶惶不安。我的不安惹惱了他們，他們說：「停，停，別再這樣了！」語氣堅決，他們讓我明白了一件事，那裡的生活什麼面向都有，那裡有淚水也有玩笑，有恐怖也有溫柔。為了對於自己生命的愛，他們抵抗著，不願被變成傳奇，變成不幸的雕像，變成黑色納粹之書的檔案。後來我再也沒見到他們，可是我沒忘記他們試著讓我理解的事。

特雷辛是捷克文，德文是特雷辛斯塔特（Terezinstadt）。一個變成猶太區的城市，納粹拿來當作樣板，他們以相對文明的方式讓拘禁的猶太人在這裡生活，這樣才有東西可以給國際紅十字會那些愣頭愣腦的傢伙看。這裡聚集的是一些中歐的猶太人，特別是奧地利—捷克這一塊的。當中有許多知識分子、作曲家、作家，他們是曾經受到佛洛伊德、馬勒、楊納切克、荀白克的維也納學派、布拉格

結構主義的光芒照拂的偉大世代。

他們並沒有抱著幻想，他們知道自己活在死神的候見室，他們的文化生活被納粹的宣傳吹噓著，作為不在場的證明。難道，他們就該因此拒絕這種岌岌可危、被惡意操弄的自由嗎？他們的回答非常清楚。他們的創作、展覽、音樂會，他們的愛，他們生活的種種面向擁有無可比擬的重要性，勝過他們的獄卒演出的死亡喜劇。這就是他們的賭注。今日，他們的心智與藝術活動讓我們啞口無言，我想到的不僅是他們成功地在那裡創造出來的作品（我想到那些作曲家！帕維・哈斯〔Pavel Haas〕，楊納切克的學生，他在我兒時曾教我作曲！我想到漢斯・克拉薩〔Hans Krasa〕！基甸・克萊恩〔Gideon Klein〕！我想到安塞爾〔Ancerl〕，他在戰後成為歐洲最偉大的樂團指揮之一！），我想到的或許更是這對於文化的飢渴，在如此駭人的條件下，依然占據著整個特雷辛社群的心。

對他們來說，藝術是什麼？是將感覺與思想的每一面向完全展開的方法，好讓生命不致縮減為恐懼的單一維度。對那些被拘禁在那裡的藝術家來說呢？在他們眼裡，個人的命運和現代藝術的命運是混在一起的，所謂「退化」的藝術，被追捕、被嘲笑、被判處死刑的藝術。我看著當時在特雷辛舉辦的一場音樂會的海報，曲目上寫著：馬勒、齊姆林斯基（Zemlinsky）、荀白克、哈包（Haba）。在劊子手的監視下，死刑犯們演奏著被判刑的音樂。

我想到上個世紀的最後幾年。記憶、記憶的責任、記憶的工作，是這段時間的旗幟性字眼。人們認為追剿過去的政治罪行是一種光榮的行為，要一直追到陰影裡，追到最後的污點裡。然而，這種極其特別的、具有控訴性及目的性、急於處罰人的記憶，和特雷辛的猶太人如此熱情懷抱的記憶毫無共通之處，他們才不在乎對他們施刑的人是否不朽，他們所做的一切只是為了將馬勒和荀白克留在記憶裡。

有一次在辯論這個主題的時候，我問一個朋友：「……你聽過《一個華沙來的倖存者》嗎？」「一個倖存者？哪一個？」他不知道我在說什麼。其實，《一個華沙來的倖存者》（Ein Überlebender aus Warschau）是荀白克的清唱劇，是以音樂題獻給猶太大屠殺最偉大的紀念碑。二十世紀猶太人悲劇的一切存在本質都活生生地保存在這個作品裡，在它可怕的莊嚴之中，在它可怕的美麗之中。人們爭吵著，不讓大家忘記殺人者。而荀白克，大家都忘了他。

MILAN KUNDERA

IX／《皮》：一部原小說

1 尋找一種形式

有些作家，偉大的作家，以精神的力量令我們讚歎，但他們卻像被某種詛咒附了身。關於他們要說的一切，他們並沒有找到一種和他們這個人緊密相連、牢不可分，如同他們想法的原創形式。譬如，我想到的是馬拉帕蒂[87]世代的法國大作家，我年少時無一不愛；沙特，或許是當中最喜愛的。奇怪的是，正是沙特，他的文學評論（他的那些「宣言」）令我驚訝，因為他對於小說這個概念充滿懷疑。他不喜歡說「小說」、「小說家」，這個詞可以是某種形式的第一條線索，他卻不願說出這個字眼。他只說「散文」、「散文作家」，偶爾說「散文家」。他的解釋是，他在詩裡看到某種「美學的自主性」，而散文裡沒有。「散文的本質是實用的。……作家是一個說話的人：他表明、論證、命令、拒絕、質疑、懇求、辱罵、說服、影射。」這麼一來，形式還有什麼重要的？他的回答是：「……重要的是我們想寫什麼，是蝴蝶或是猶太人的處境。如果我們知道了，剩下的就是決定如何去寫。」儘管沙特的每一部小說都很有分量，但它們的特色確實是形式上的兼容並蓄。

當我聽到托爾斯泰的名字，我立刻想到他的兩部偉大的小說，都是獨一無二的。當我說到沙特、卡繆、馬勒侯[88]，他們的人讓我第一個想到的，是他們的傳記，他們的論戰和鬥爭，他們採取的立場。

87. 馬拉帕蒂（Curzio Malaparte，一八九八—一九五七）：義大利記者、作家、外交官。

88. 馬勒侯（André Malraux，一九〇一—一九七六）：法國作家、冒險家、政治家，曾因偷竊吳哥窟古物被捕，二戰時期加入地下反抗軍，後於戴高樂執政時期擔任文化部長。一九三三年龔固爾文學獎得主。

2 「介入社會的作家」（écrivain engagé）預先出現的典型

大約在沙特之前二十年，馬拉帕蒂就已經是「介入社會的作家」了。不過我們該說，他是預先出現的典型；因為當時人們不用沙特這個著名的說法，而馬拉帕蒂也還沒寫出任何東西。十五歲的時候，他是共和黨（左派政黨）地方青年黨部的書記；十六歲的時候，第一次世界大戰爆發，他離開自己的家，越過法國邊界，加入志願軍團對德國人作戰。

我不想過度強調這是個青少年的決定，無論如何，馬拉帕蒂的行為是卓然不凡的。而且是真誠的，我得這麼說，他的行為遠比媒體宣傳的鬧劇來得高尚，今日，一切政治性的作為都注定有媒體鬧劇相隨。接近終戰的時候，在一場凶險的戰役裡，他遭受德軍火焰噴射器的攻擊，受了重傷。他的肺部永久損壞，他的靈魂受了創傷。可是為什麼我會說這個年輕的學生兵是介入社會的作家預先出現的典型呢？因為後來，他說了一件往事：年輕的義大利志願軍很快就分為對立的兩派，一派仰望的對象是加里波底[89]，一派仰望的是佩脫拉克[90]（這些人在上前線之前先在法國南部的某個地方集結，佩脫拉克也曾經在這個地方生活）。然而，在這場青少年的爭執裡，馬拉帕蒂站在佩脫拉克的旗幟下，對抗加里波底的信徒。他的介入，打從一開始就不像工會幹部、政治活躍分子，而是像雪萊，像雨果，或是馬勒侯。

戰後，這個年輕人（非常年輕）加入了墨索里尼的政黨。他始終無法忘懷大屠殺的過往，他在法西斯裡頭看到了革命的承諾——他們將掃蕩他所知並且厭惡的世界。他當了記者，他知道政治生活裡發生的一切，他熱中於社交生活，他知道如何引人注目，如何誘惑人，可他更愛藝術和詩歌。他始終喜愛佩脫拉克勝過加里波底，而他鍾愛甚於一切的那些人，都是藝術家和作家。

因為佩脫拉克在他心中比加里波底更重要，他的政治介入因而是個人的、荒誕的、獨立的、沒有紀律的，因此他不久之後就和當權者起了衝突（在同一年代的俄羅斯，共產黨的知識分子也有相當類似的處境），他甚至因為「反法西斯的活動」而被逮捕，他被逐出法西斯黨，在監獄裡關了一段時間，然後被判處長期居

89. 加里波底（Giuseppe Garibaldi，一八〇七—一八八二）：義大利「建國三傑」之一，協助薩丁尼亞國王統一義大利。
90. 佩脫拉克（Francesco Petrarca，一三〇四—一三七四）：義大利學者、詩人、人文主義者，被譽為「人文主義之父」。

家軟禁。後來他獲釋，重回記者崗位，一九四〇年被動員，他從俄羅斯前線傳回的文章未久即被判決（理所當然地）反德也反法西斯，於是他又在監獄裡待了幾個月。

3 發現一種形式

馬拉帕蒂一生中寫了很多本書——評論、論戰、觀察、回憶——每一本都聰慧耀眼，但是如果沒有《完蛋》（Kaputt）和《皮》（La Pelle），這些書肯定已經被人遺忘了。他寫《完蛋》，不只是寫了一本重要的書，而且還找到一種形式，一種全新的東西，只屬於他一個人。

這本書是什麼？看第一眼的時候，是戰地特派員的報導。一份奇特甚至聳動的報導，因為，作為《晚郵報》（Corriere della Sera）的記者兼義大利軍官，他自由地跑遍納粹占領的歐洲，像個無人能識破的間諜。政治世界向他這個藝文沙龍耀眼的常客敞開大門，在《完蛋》裡頭，他報導他和一些大人物的對話，這些人包括義大利的政府高官（特別是外交部長齊亞諾〔Ciano〕，他是墨索里尼的女婿）、德國的政治人物（法朗克〔Frank〕，他是曾經策劃屠殺猶太人的波蘭總督；還有他在芬蘭蒸汽浴裡遇到赤身裸體的蓋世太保頭目希姆萊〔Himmler〕），還有那些衛星國家的獨裁者（安特・帕維利奇〔Ante Pavelic〕，克羅埃西亞的領袖），穿插著他觀察一般人現實生活的社會新聞報導（在德國、烏克蘭、塞爾維亞、克羅埃西亞、波蘭、羅馬尼亞、芬蘭）。

這些見證文字的性質獨特，令人驚訝，沒有任何歷史學者曾經如此仰仗他們在二次世界大戰中擁有的經驗，從來沒有人讓這些政客的話在他們的書裡如此長篇鋪陳。這很怪，沒錯，但是可以理解，因為這份報導並非報導，這是一個文學作品，它的美學企圖如此強烈，如此明顯，一個敏感的讀者會本能地將它排除在歷史學者、記者、政治學者、回憶錄作者所提供的見證文字的範疇之外。

這本書的美學企圖從它的形式的原創性來看，給人的印象最為深刻。讓我們試著描繪這本書的架構，它分為三層：部、章、節。全書共有六部（每一部都有標題），每一部都有好幾章（每一章也都有標題），每一章又分為數節（沒有標題，每一節之間只以一行空白隔開）。

六部的標題如下：〈馬〉—〈老鼠〉—〈狗〉—〈鳥〉—〈馴鹿〉—〈蒼蠅〉。這些動物的呈現是有形體的生物（第一部令人難以忘懷的場景：一百匹馬被囚在結冰的湖裡，只露出牠們死去的頭顱），但也是（更是）隱喻（在第二部裡，老鼠象徵猶太人，就像德國人對待他們那樣；或者，在第六部裡，蒼蠅的繁殖完全符合現實，是因為熱和屍體，但同時也象徵著無意結

MILAN KUNDERA

束的戰爭氣氛……）。

事件的進展並不是以報導者的經驗整理出來的一套編年紀事。作者刻意呈現混雜，讓每一部的種種事件發生在諸多歷史時刻、不同的地點。譬如，第一部（馬拉帕蒂在斯德哥爾摩的一個老朋友家）一共有三章：第一章，兩個男人想起他們過去在巴黎的生活；第二章，馬拉帕蒂（還是在斯德哥爾摩，跟他的朋友在一起）說起他在戰亂血腥的烏克蘭的經歷；第三章也就是最後一章，他談到他在芬蘭的日子（就是在那兒，他看到馬頭露出結冰湖面的恐怖場景）。所以，每部的事件都不是發生在相同的日子，也不在相同的地方。以每一部為整體，各有一種相同的氣氛，一種相同的集體命運（譬如第二部，講的是猶太人的命運），還有一種相同的人類存在面向（標題的動物隱喻所指涉的）。

4 不介入的作家

《完蛋》的手稿是在難以想像的條件下寫成的（大部分都在一個農夫的家裡，在德軍占領下的烏克蘭），出版於一九四四年，那時大戰甚至還沒結束，義大利才剛剛重獲自由。《皮》則是在此之後隨即動筆，寫於戰後的最初幾年，出版於一九四九年。這兩本書有相似之處：馬拉帕蒂在《完蛋》裡發現的形式也出現在《皮》的基礎；然而兩者的親屬關係越是不證自明，它們的差異性就越大：

《完蛋》的舞臺上經常出現一些真實的歷史人物，這造成一種模糊曖昧的感覺——如何理解這些段落？當作一個以見證之誠實精確而自豪的記者所寫的報告？還是當作一個想以詩人的自由將自己對於這些歷史人物的觀點帶進來的作者的狂想？

在《皮》裡，模糊曖昧消失了——在這裡，歷史人物無棲身之地。這裡也有大型的社交宴會，那不勒斯的義大利貴族在這裡遇到美國軍官，但是這些人物的名字是真的還是想像的，這次一點也不重要。在整本書裡都陪著馬拉帕蒂的美軍上校傑克·漢彌爾頓是否真有其人？倘若真有其人，他的名字真是傑克·漢彌爾頓

MILAN KUNDERA

嗎？他說的話是馬拉帕蒂藉他之口說出來的？這些問題一點意思也沒有。因為我們已經完完全全離開屬於記者或回憶錄作者的國度了。

另一個大改變：寫《完蛋》的人是一個「介入社會的作家」，也就是說，他很確定自己知道惡在何處，善在何處。他始終厭惡德國的侵略者，一如他十八歲時厭惡那些手上拿著火焰噴射器的德軍。他看過屠殺猶太人的暴行，他如何能中立？（說到猶太人，除了他，還有誰寫過如此撼動人心的文字，見證那些每天在被占領的國家發生的、對猶太人的迫害？而且在一九四四年，那時關於這些事的談論還不多，人們甚至對此還一無所知！）

在《皮》裡，戰爭還沒結束，但是結局已確定。炸彈依然掉落，但是這次掉落在另一個歐洲。昨天，人們不會問誰是劊子手，誰是被害者。現在，善與惡一下子蒙起了臉，人們對於新世界還認識不清，陌生，感到迷惑。說故事的人只確信一件事：他確定自己什麼都不確定。他的無知變成智慧。在《完蛋》裡，跟法西斯分子或法西斯的同路人在沙龍對話時，馬拉帕蒂時時以冷言嘲諷遮掩著自己的想法，然而對讀者來說，這些想法卻更加清楚。在《皮》裡，他既無冷言冷語，也沒有清楚的講法。他說的話依然嘲諷，可這種嘲諷是絕望的，而且經常是激昂的；他誇大，他自相矛盾；他用自己的話傷害自己，也傷害別人；說話的是一個痛苦的人。不是一個介入社會的作家。是一個詩人。

5《皮》的寫作

相對於《完蛋》（部、章、節）的三層劃分，《皮》的劃分只有兩層：沒有部，只有十二章，每章都有標題，由好幾節組成，每節之間以一行空白相隔，沒有任何標題。因此《皮》的寫作方式比較簡單，敘事速度較快，整本書比《完蛋》短了四分之一。彷彿《完蛋》的肥胖身軀經歷了一個減肥療程。

還有美化。這種美，我會試著以第六章〈黑風〉說明，這一章特別迷人，共有五節：

第一節，超級短的一個段落，只有四句話，發展著「黑風」如夢似幻的唯一形象，「宛如盲者摸索前行」，走遍世界，擔當厄運的信使。

第二節說的是一則往事：地點在戰亂的烏克蘭，時間比小說裡的現在早兩年，馬拉帕蒂騎馬走在路上，夾道種著兩排樹，村裡的猶太人被釘在那兒的十字架上，等待死亡來臨。馬拉帕蒂聽見他們的聲音，他們要馬拉帕蒂殺死他們，縮短他們的痛苦。

第三節說的也是一則往事。這一則的年代更遠，發生在義大利的利巴里島

（Lipari），馬拉帕蒂在戰前曾被流放該地，這是他的狗兒菲波的故事。「我從來不曾像愛菲波那樣愛過一個女人，一個兄弟，一個朋友。」在他被拘押的最後兩年期間，菲波都和他在一起，他被開釋回到羅馬的第一天，菲波也陪在他的身邊。

第四節繼續同樣的菲波故事。有一天，在羅馬，菲波不見了。馬拉帕蒂費盡千辛萬苦四處尋找，終於知道牠被一個混混抓走，賣給一家醫院做醫學實驗了。他在醫院找到牠，「躺在那兒，開膛剖肚，一支探針插在肝臟裡」。牠的嘴裡沒發出任何呻吟，因為在手術之前，醫生早已把每一隻狗的聲帶都割掉了。醫生對馬拉帕蒂的印象不錯，於是答應幫菲波注射致命的針劑。

第五節的時間回到小說裡的現在。馬拉帕蒂和美軍一同往羅馬進軍。有個士兵受了重傷，肚破腸流，班長堅持要把他送去醫院。馬拉帕蒂激烈地反對：醫院太遠了，搭吉普車過去耗時太久，這段路程會讓這個士兵痛苦不堪；得讓他留在原地，讓他慢慢死去，但是不要讓他知道自己就要死去。最後，這個士兵死了，班長迎面給了馬拉帕蒂一拳：「他會死都是你的錯，你害他像一條狗那樣死了！」醫生來了，查看士兵的死狀之後，握著馬拉帕蒂的手說：「我以這位士兵的母親之名感謝您。」

雖然每一節發生的時間、地點各不相同，但它們全都完美地連結在一起：第一節發展「黑風」的隱喻，這氛圍將貫串全局。第二節，同樣的風吹過烏克蘭的景物。第三節，在利巴里島，風依舊在，它是死亡的頑念，無影無形，「在人們的周圍四處遊蕩，寡言而多疑」。因為死亡在這一章無所不在。死亡以及人面對死亡的態度——既懦弱又虛偽、無知、無能、困惑、手足無措。釘在樹上十字架上的猶太人在呻吟。解剖檯上的菲波喑啞無聲，因為牠被割了聲帶。馬拉帕蒂在瘋狂邊緣，因為他無能殺死那些猶太人，縮短他們的痛苦。他找到勇氣讓菲波死去，安樂死的主題在最後一節重新出現。馬拉帕蒂拒絕讓身受致命重傷的士兵延長他的痛苦，而班長賞了他一拳。

這一章從頭到尾都如此混雜，卻奇妙地統一在相同的氛圍、相同的主題（死亡、動物、安樂死）、相同隱喻及相同字眼的重複（因此產生了一種旋律，以永不衰竭的氣息壓倒我們）。

6 《皮》與小說的現代性

馬拉帕蒂某一本文集的法文版序言的作者將《完蛋》和《皮》界定為「這位才華洋溢風格秀異的作家，最重要的小說」。小說？真是小說嗎？是的，我同意。儘管我知道《皮》的形式並不像大多數讀者心裡認為的小說。然而這樣的例子絕不罕見，許多偉大的小說在誕生之際，跟大家共通接受的小說概念並不相似。那又如何？一部偉大的小說之所以偉大，不正是因為它不重複現存之物嗎？偉大的小說家自己也經常因為他們奇特的書寫形式感到驚訝，而且寧可不要那些無謂的討論加諸他們的著作。然而，《皮》的差異是極其徹底的，差別在於，讀者接觸這本書的態度是將之視為一篇報導，讀來增廣歷史知識，或者視為一部文學著作，讀來豐富自己的美感，增加自己對人的認識。

還有這個：一個藝術作品若不放在這門藝術的歷史脈絡下審視，很難捕捉到它的價值（原創性、新意、魅力）。我認為，《皮》的形式之中看似違逆小說概念之處，其實正回應了二十世紀形成的小說美學新氣象（對立於前一世紀的小說的規範），這樣的違背是有意義的。譬如，所有偉大的現代小說家都跟小說的「故

事」保持某種隱約的距離，不再將之視為確保小說統一性無可替代的基礎。

然而《皮》的形式令人震撼之處就在這裡：小說的寫作沒有以任何「故事」、任何情節的因果連續性作為基礎。小說裡的現在取決於它的起始線（一九四三年十月，美軍抵達那不勒斯）和它的終點線（一九四四年夏天，吉米在即將永遠離開，遠赴美國之前，向馬拉帕蒂告別）。在這兩條線之間，盟軍從那不勒斯往亞平寧山脈（Apennins）進軍。一切發生在這段時間的事都有某種特別的混雜（地點、時間、情境、回憶、人物）。我要強調，這種在小說歷史上前所未有的混雜，絲毫未減作品的統一性，同樣的氣息流過全書十二章，形成以相同氛圍、相同主題、相同人物、相同畫面、相同隱喻、相同老調構成的唯一世界。

同樣的背景：那不勒斯：小說啟航之處，小說在此結束，對此地的回憶無所不在。月亮：它高掛在這本書的所有風景之上，在烏克蘭，它照耀著釘在樹上十字架上的猶太人們；它掛在乞丐群居的郊區上空，「和一朵玫瑰一樣，讓天空充滿香氣宛如花園」；「它令人心醉神迷，它在神奇的遠方」，它的光芒灑在蒂沃利（Tivoli）的山巒上；「碩大、血腥令人作嘔」，它望著死屍遍野的一處戰場。字詞化為老調——瘟疫：它在美軍抵達的同一天出現在那不勒斯，彷彿解放者帶來這件禮物送給被解放者。後來，瘟疫變成一個隱喻，大批的告密事件像最可怕的流行病蔓延開來。或者，就在開頭，旗幟：在國王的命令下，義大利人「英勇地」把旗幟丟到爛泥裡，後來又把它扶起來當作新的旗幟，後來又把它扔掉，又把它拾起，褻瀆地大笑著；到了這本書要結束的時候，彷彿回應著開頭的場景，一具死屍被坦克輾過，扁平地舞動起來，「像一面旗幟」……

我可以繼續列舉無數字詞、隱喻、主題，它們不斷以重複、變奏、回應的方式回到書上，因而創造了小說的統一性，不過，我還是來說說這個刻意避免「故事」的寫作方式的另一個令人著迷之處。傑克．漢彌爾頓死了，馬拉帕蒂知道，從今以後，在他身邊的親友間，在他自己的國家裡，他將永遠覺得自己是孤單一人了。然而傑克的死只是在一個句子裡提了一下（確實只是提了一下，我們甚至不知道他是怎麼死的，何時死的），而且這唯一的句子出現在一長段同時談及其他事情的文字裡。在任何以一個「故事」為基礎的小說裡，一個如此重要的人物是值得大書特書的，而且或許還會是小說的結局。可是，奇怪的是，正因為這短促，這靦腆節制，因為一切描述的闕如，傑克的死帶來令人無法承受的感動……

7 心理性的退位

當一個還算穩定的社會以還算緩慢的腳步前進時，人為了讓自己有別於同類（相似得讓人悲傷的同類），會非常注意自己細小的心理特殊性，只有這些特殊性能讓他得以欣賞自己渴望別人無從模仿的個人性，因而帶來快樂。可是第一次世界大戰，這巨大而荒謬的殺戮，在歐洲開啟了一個新時代，從此專橫而貪婪的歷史突然出現在人的面前，並且壓倒了人。從此以後，人被限定的最重要因素在外面。我要強調，要理解這些來自外部的衝擊加上人的反應與行動方式所造成的一切後果，比起隱藏在無意識深處的私密傷口，並沒有比較不驚人、不令人迷惑、不困難，對一個小說家來說，也不會比較不吸引人。而且只有他，能夠捕捉別人無法捕捉的這個變動——時代帶給人類生存的這個變動，所以他會給直到當時依然流行的小說形式帶來一些破壞，也是理所當然的。

《皮》所有人物的真實性都很完美，但卻絲毫未見他們個人生平的描述。關於馬拉帕蒂的至交傑克．漢彌爾頓，我們知道什麼？他曾經在美國的一所大學任教，他熟知熱愛歐洲文化，而此刻面對他認不出來的歐洲，他感到困惑。

這就是全部。沒有關於他的家庭、私人生活的資料，也沒有任何十九世紀小說家認為要讓一個人物顯得真實「栩栩如生」所不可或缺的東西。

這個說法可以套用在《皮》的所有人物身上（包括作為小說人物的馬拉帕蒂——書裡關於他個人、私人的過去隻字未提）。

心理性的退位。卡夫卡在他的札記裡如是宣稱。事實上，關於K的心理性的源頭，關於他的童年、他的父母、他的戀情，我們知道什麼？和傑克·漢彌爾頓的私密往事一樣少。

MILAN KUNDERA

8 譫妄之美

在十九世紀，這種事是理所當然的：小說裡發生的一切，都必須是仿真的。在二十世紀，這個命令失去了強制力；從卡夫卡以降，直到卡本提爾[91]或賈西亞．馬奎斯，小說家們對於反仿真的詩意的感受越來越強。馬拉帕蒂（他既不是卡夫卡的仰慕者，也不知道卡本提爾和賈西亞．馬奎斯）也受到同樣的誘惑。

再一次，我想起這個場景，夜色剛剛變黑，馬拉帕蒂騎馬經過兩排樹下，他聽到頭上有說話的聲音，隨著月亮慢慢升起，他終於明白，那是一些猶太人被釘在十字架上……這是真的嗎？還是幻想？不論是幻是真，都令人難忘。我想到卡本提爾，一九二〇年代，在巴黎，他曾經和超現實主義者共享他們對於充滿譫妄的想像力的熱情，他參與他們對於「神奇事物」的征戰，但是二十年後，在委內瑞拉的卡拉卡斯，他的心底卻產生了懷疑。從前令他著迷的東西，如今看來卻

91. 卡本提爾（Alejo Carpentier，一九〇四—一九八〇）：古巴小說家，於第一部小說《這個世界的王國》的序言中提出「神奇的現實」，文評家將之等同於魔幻寫實，其作品對六〇年代拉丁美洲文學爆炸有極深遠影響。

像「詩的老套陳規」，像「魔術師的戲法」；他背離巴黎的超現實主義並不是為了回到舊的寫實主義，而是因為他認為自己找到了另一種更真實、扎根於現實的「神奇事物」，那是拉丁美洲的現實，這裡一切事物的氣味都不像真的。我想像馬拉帕蒂也經歷了一些相同的事，他也喜愛過超現實主義者（在他創辦於一九三七年的期刊裡，他刊登了他翻譯的艾呂雅和阿哈貢），這並沒有引導他跟隨他們的腳步，但是或許讓他對於變得瘋狂的現實的幽暗之美更為敏感，這樣的現實裡充滿了「一把雨傘和一臺縫紉機」的奇特相遇。

而且，《皮》也是以一個這樣的相遇作為開場：「瘟疫在一九四三年十月一日於那不勒斯爆發，同一天，聯軍以解放者之姿進入這個不幸的城市。」到了這本書的後頭，第九章〈火之雨〉，一個同樣超現實的相遇以一種宛若平常的譫妄方式出現——在復活節的前一週，德軍轟炸那不勒斯，一個年輕姑娘死了，屍體躺在一座城堡裡的桌子上，同一時間，維蘇威火山發出駭人的轟隆聲，開始噴出熔岩，「打從赫庫蘭尼姆城和龐貝城被火山灰活埋之後，從未見過」。火山爆發讓人類和大自然的瘋狂都發動起來，成群的小鳥飛進神龕裡，躲在那些小聖徒雕像的四周，女人們衝破妓院大門，拉扯那些衣不蔽體的妓女的頭髮，路上遍地死

MILAN
KUNDERA

屍，屍體的臉上封著厚厚的一層白灰，「像是一顆蛋代替了他們的頭」，而大自然的肆虐並未稍歇……

在這本書的另一個段落，這種不像真實的事荒誕甚於恐怖：那不勒斯附近的海域布滿水雷，完全無法捕魚。美國將軍們如果要辦筵席，得到大水族館裡去找魚。可是等到柯爾克將軍想宴請從美國派來的重要人物芙列特夫人的時候，這個貨源已經耗盡了，那不勒斯水族館裡只剩下唯一的一條魚——美人魚。「那是這類人魚的一個非常罕見的標本，牠們近乎人類的外型，就是美人魚這個古老傳說的源頭」。美人魚被端上桌的時候，眾人一片驚愕。「我希望您不會逼我吃這……這……這個可憐的女孩吧！」芙列特夫人驚呼。柯爾克將軍很尷尬，教人把「這可怕的東西」撤掉，可是隨軍牧師布朗上校還不滿意，他讓服務生把魚放進一具銀棺材裡，他陪他們用擔架把銀棺材抬走，為美人魚做了一場基督教的葬禮。

一九四一年，烏克蘭，一個猶太人被坦克車輾死。他變成「一張人皮地毯」，幾個猶太人動手把沾在上頭的塵土弄掉，後來，「其中一個用鏟子的尖端從頭旁邊把人皮叉起，然後帶著這面旗幟上路」。這個場景的描述出現在第十章（而且，標題是〈旗幟〉），發生在羅馬朱比特神殿附近的變奏隨即出現。一個男人對著美軍的坦克車開心地大喊著，他腳一滑，跌到地上，一輛坦克車壓過他身上，人們把他放在床上，他只剩下「被切成人形的一張皮」，「這是唯一夠資格飄在朱比特神殿塔樓上的旗幟」。

MILAN KUNDERA

9 一個初生的新歐洲

新歐洲，從第二次世界大戰走出來，《皮》如實捕捉了它真真確確的面貌；也就是說，《皮》的目光並未受到後見之明的修正，這目光藉由新歐洲誕生那一刻的嶄新，讓人看到新歐洲令人目眩神迷。我心裡浮現了尼采的想法：正是在發生的那一刻，一個現象會顯現出它的本質。

新歐洲誕生於歐洲史上獨一無二的巨大潰敗；第一次，歐洲戰敗了，歐洲以歐洲的樣貌戰敗，整個歐洲都戰敗了。先是被它自身之惡的瘋狂化身的納粹德國打敗，接著是一邊被美國解放，另一邊被俄羅斯解放。被解放並且被占領。我這麼說並無嘲諷之意。這兩個詞，都對。這個情境的獨特本質就在這兩個詞的集合裡。到處與德軍作戰的反抗軍（游擊隊）的存在，絲毫不會改變這個本質——沒有任何一個歐洲國家（從大西洋到波羅的海的國家）是藉由自己的力量獲得自由的。（一個都沒有？不會吧，至少還有南斯拉夫。他們靠的是自己游擊隊的武力。這就是為什麼一九九九年必須轟炸塞爾維亞的城市長達數星期——為的是即使在事後，也要把戰敗的屬性強加給歐洲的這個部分。）

解放者占領了歐洲，事情的改變一下子就清楚了。昨日還（非常自然，非常天真地）將自己的歷史、文化視為全世界模範的歐洲，此刻已感受到自己的卑微。美國就在那兒，光芒四射，無所不在。重新思考、重新塑造自己和美國之間的關係，變成歐洲的首要之務。馬拉帕蒂看到新歐洲，他動筆描述，他無意預言歐洲政治的未來。讓他深深著迷的，是作為歐洲人的新方式，是感覺自己是歐洲人的新方式，從此將受到美國越來越強烈的影響。在《皮》裡，這種新的存在方式從當時出現在義大利的諸多美國人的畫像裡浮現，這些畫像簡短、扼要，而且經常是滑稽的。

沒有任何立場，既不正面也不負面，這些速寫經常帶些惡意，經常充滿同情：芙列特夫人高傲的蠢話；隨軍牧師布朗上校善良的蠢事；柯爾克將軍可愛的單純，他為一場盛大的舞會開舞時，認不出要找的那位那不勒斯貴婦，卻跑去找了看管衣帽間的一個美麗少女；吉米友善而讓人喜歡的粗俗；當然，還有傑克·漢彌爾頓，一個真正的朋友，一個被愛的朋友……

因為美國直到當時還不曾打敗過任何一場戰爭，也因為美國是一個信教的國家，公民們在這些勝利之中看到的是，神的意旨也肯定他們在政治、道德上的確

MILAN KUNDERA

定信念。而歐洲人，疲憊並且懷疑宗教，戰敗並且有罪惡感，很容易就讓自己感到目眩神迷，為的是牙齒的雪白，為的是這美德般的雪白——「所有美國人微笑著進入墓穴時，依然露出這樣的雪白，向活人世界做最後的致意」。

10 記憶變成戰場

在剛剛重獲自由的佛羅倫斯，一個教堂前的大階梯上，一群共產黨游擊隊員正在處決一些年輕（甚至非常年輕）的法西斯黨徒，一個接著一個。這場景宣告著歐洲人的存在史上的一個徹底轉折：由於戰勝者已經劃定了所有國家不可侵犯的明確邊界，歐洲各個國族之間的殺戮將不會再發生；「此刻戰爭即將死亡，就要開始的，是義大利人之間的屠殺」；仇恨退入國族的內部；然而，就算在國族內部，戰鬥的本質也變了，鬥爭的目的不再是未來，不再是即將採行的政治體制（戰勝者已經決定未來應該是什麼模樣），而是過去，只有在記憶的戰場上，歐洲的新戰鬥才會發生。

在《皮》裡，當美軍已經占領義大利北部的時候，安全無虞的游擊隊員們殺了一個告密的同胞。他們把他埋在一片草原上，代替墓碑的是他的腳，他們讓他的一隻腳，還穿著鞋子，豎立在地面上。馬拉帕蒂看到此景提出抗議，但卻徒勞無功，其他人看到可笑的畫面都很開心，這將是通敵分子留給未來的一個警告。今

MILAN KUNDERA

天我們知道了，歐洲距離戰爭的結束越遠，就越會宣稱自己有一項道德義務，那就是不要忘記過去的罪行。隨著時光流逝，法庭懲罰的人也越來越老，一群群告密者闖入了遺忘的荊棘，而戰場也擴大到墳場裡。

在《皮》裡，馬拉帕蒂描寫了漢堡市，美軍的飛機在那兒投下燒夷彈。居民們想要熄滅吞噬他們身體的火焰，紛紛跳進橫越城市的運河。但是火在水裡熄滅，一碰到空氣又立刻燃燒起來，於是人們只得不停地把頭沉入水裡；這樣的情況持續了幾天，在此期間，「成千上萬顆頭露出水面，轉著眼珠，張著嘴巴，說著話」。

這又是戰爭現實超越仿真的一個場景。我也自問：為什麼記憶的導演們沒有把這種恐怖（這種恐怖的黑色詩意）變成神聖的回憶？記憶的戰爭只會肆虐於戰敗者之間。戰勝者距離遙遠，無可控訴。

11 深處的背景，永恆：動物、時間、死者

「我從來不曾像愛菲波那樣愛過一個女人，一個兄弟，一個朋友。」在這麼多人的痛苦當中，這隻狗的故事遠遠不只是一則插曲，也不只是一齣悲劇的幕間休息。美軍開進那不勒斯只是歷史上的一秒鐘，然而這些動物卻是打從遠古以來就陪伴著人類的生命。面對一個同類，人永遠無法自由自在地當自己；一個人的力量，限制著另一個人的自由。面對一隻動物，人就是自己。他的殘酷是自由的。人與動物之間的關係構成了人類存在的一種永恆的深處背景，那是不會離棄人類存在的一面鏡子（醜陋的鏡子）。

《皮》裡的情節很短，但是人類無限長的歷史在其中時時呈現。美軍——最現代的軍隊——由古老的城邦那不勒斯進入歐洲。一場超級現代的戰爭的殘酷，在極其古舊的殘酷的深處背景前搬演。這個已經如此徹底改變的世界同時也讓人看見，什麼是令人悲傷、不會改變的，什麼是不會改變的人性。

還有死者。在和平的年代，它們介入我們平靜生活的方式是節制的。在《皮》談論的年代，它們可不節制，它們動員了起來，它們到處都是。葬儀社沒有足夠

的車子把它們運走，死人留在公寓裡，躺在床上，在那兒腐爛、發臭，它們是多餘的，它們入侵了人們的談話、記憶、睡眠。「這些死人，我恨它們。在所有活人共同的祖國，它們是異鄉人，僅有的，真正的異鄉人……」

戰爭即將終結的時刻啟示著一個真理，一個平庸卻又根本，永恆卻又被遺忘的真理：面對活人，死者在數量上擁有壓倒性的優勢，不是只算戰爭結束後的死者，而是每一個時代的每一個死者，過去的死者，未來的死者；它們確知自己的優勢，它們嘲笑我們，嘲笑我們生活的這個時間小島，嘲笑新歐洲這塊渺小的時間，它們讓我們明白這一切的微不足道，轉瞬即逝……

國家圖書館出版品預行編目資料

相遇 / 米蘭・昆德拉 (Milan Kundera) 著;
尉遲秀 譯. -- 二版. -- 臺北市 : 皇冠, 2021.05
面 ; 公分. --（皇冠叢書 ; 第4942種）（米蘭・昆德拉全集 ; 15）
譯自 : UNE RENCONTRE
ISBN 978-957-33-3718-8 (平裝)

882.457 110005232

皇冠叢書第4942種

米蘭・昆德拉全集 15

相遇

UNE RENCONTRE

UNE RENCONTRE
Copyright © 2009, Milan Kundera
This edition arranged with The Wylie Agency (UK) LTD
Complex Chinese edition copyright © 2021 by Crown Publishing Company, Ltd.
All Rights Reserved.

All adaptations of the Work for film, theatre, television and radio are strictly prohibited.

作　　者—米蘭・昆德拉
譯　　者—尉遲秀
發 行 人—平雲
出版發行—皇冠文化出版有限公司
台北市敦化北路120巷50號
電話◎02-27168888
郵撥帳號◎15261516號
皇冠出版社（香港）有限公司
香港銅鑼灣道180號百樂商業中心
19字樓1903室
電話◎2529-1778　傳真◎2527-0904
總 編 輯—許婷婷
責任編輯—黃雅群
美術設計—王瓊瑤
著作完成日期—2009年
二版一刷日期—2021年05月

法律顧問—王惠光律師
有著作權・翻印必究
如有破損或裝訂錯誤，請寄回本社更換
讀者服務傳真專線◎02-27150507
電腦編號◎044111
ISBN◎978-957-33-3718-8
Printed in Taiwan
本書定價◎新台幣320元/港幣107元

●皇冠讀樂網：www.crown.com.tw
●皇冠Facebook：www.facebook.com/crownbook
●皇冠 Instagram：www.instagram.com/crownbook1954
●小王子的編輯夢：crownbook.pixnet.net/blog